타관객지에서 꾸는 꿈

국립중앙도서관 출판시도서목록(CIP)

타관객지에서 꾸는 꿈 : 최선주 에세이 / 지은이: 최선주.
— 서울 : 청동거울, 2007
    p. ;   cm
ISBN 978-89-5749-085-3 03810 : \9000
814.6-KDC4   895.745-DDC21   CIP2007001228

타관객지에서 꾸는 꿈

2007년 4월 20일 1판 1쇄 인쇄 / 2007년 4월 25일 1판 1쇄 발행

지은이 최선주 / 펴낸이 임은주 / 펴낸곳 도서출판 청동거울 / 출판등록 1998년 5월 14일 제13-532호
주소 (137-070) 서울 서초구 서초동 1359-4 동영빌딩 / 전화 02)584-9886~7
팩스 02)584-9882 / 전자우편 cheong21@freechal.com

주간 조태림 / 편집 이선미 / 디자인 임명진 / 마케팅 김상석

값 9,000원

ISBN-13 : 978-89-5749-085-3

타관객지에서 꾸는 꿈

최선주 에세이

청동거울

Men are disturbed not by things but by the view they take of them.

— Epictetus

생각이나 관점에 따라 서로 가까워지기도 하고 멀어지기도 하는 것이 인간사이고 보면, 어느 세대이건 자신의 생각을 묶어 세상에 내놓는 일이 쉬운 일은 아닐 것이다. 그럼에도 불구하고 글을 읽고 쓰는 일을 멈출 수 없는 것은, 자신이 가진 이상이나 사고의 편린들을 다른 사람들과 나누는 것이 인간으로서의 특권임과 동시에 두루 덕을 끼치는 귀한 일들 가운데 하나라는 믿음이 있기 때문이다.

미주 중앙일보에 초대된 필진 가운데 한 사람으로 수 년간 지면에 올렸던 글들 가운데 내용을 간추려서 한 권의 책으로 묶게 되었다. 개중에는 오랫동안 기억에 남아 내 삶의 색깔과 향기를 만들어 준 추억담이 있고, 내가 가진 직업상 심도 있게 들여다보게 되는 인간 내면의 갈등과 관계된 내용도 있다. 그런가 하면 자연이나 사회 현상을 통해 느꼈던 단상이나 삶에서 느끼는 감상을 적은 글도 있다. 단적으로 표현한다면, 어떤 형식이나 주제에 얽매이지 않고 자유롭고 진솔하게 쓴 글들이다.

옛 선인들은 마음을 가라앉히고 감정을 다스릴 때, 그리고 자신들이 좇아 살고자 하는 이상과 이념들이 삶 속에서 퇴색되고 혼돈될 때, 글을 읽고 또 썼다고 한다. 한 줄의 글이 주는 위로와 일깨움의 위력은 많은 이들이 공감하는 것이다. 친지와 친구들을 떠나 타지에서 살아본 사람들은, 글을 통해 접하게 되는 사람들과 그들의 삶에 대한 생각 및 의지들이 외로움과 역경을 견디게 하는 진정한 벗으로, 또한 정신적인 스승으로 더 절실하게 삶을 채워주는 것을 경험했을 것이다.

비록 조각글이지만 그나마 한 권의 책으로 묶을 수 있는 분량의 글을 쓸수 있었던 것은, 시대와 문화를 초월해서 접할 수 있었던 선인들의 글과 그들에 대한 사모의 정이 있었기에 가능했다고 여긴다. 살면서 필연과 우연으로 스친 무수한 인연들이 있었기에 현재의 삶이 있게 되었음을 생각하면서 그 모두에게 감사한다.

이 자리를 빌어, 세상에서 가장 가슴 뭉클한 어휘인 엄마라는 호칭으로 내 존재의 의미를 확인시켜주는 성은, 유미, 동환, 성유와 여정의 동반자로 서로를 선택해서 함께 길을 가는 정 관 목사에게 사랑과 감사를 전한다.

책의 출판을 도와주신 김종회 교수님과 한선희 사모님, 경희대학교 교양학부의 이정선·노현주·권채린 교수님, 제 글들에 대한 단평을 써주신 박덕규·백지연 교수님 그리고 도서출판 청동거울 여러분께 진심으로 감사한다. 그리고 지면을 통해 만나는 독자 여러분들께 감사하며, 지도편달을 통한 지속적인 교제가 있기를 기대한다.

2007년 4월

시카고 텔로스 클리닉에서 최선주

차례

머리말 4

제1부 남자와 여자

색소폰과 장미　14

섹스—남자의 언어　16

사랑의 습관　18

커피 한 잔의 신드롬　20

잔소리의 실상　22

공처가의 현주소　24

당신은 누구시길래　26

케익맨(Cake Man)　28

남자의 마음　30

여자의 미스테리　32

여자를 위한 선물　34

마무리 작전　36

황룡사 벽화 같은 사람아!　38

남자들의 증상　40

러브 맵(Love Map)　42

당신과 나 사이에　44

부부의 성(性)　46

쿠울리지 효과(Coolidge Effect)　50

연인(戀人)과 부부　52

제2부 사회와 인생

교육의 목적   56

암세포와 조폭의 유사성   58

모방의 대상   60

리더쉽   62

영역의 중요성   64

편견과 차별   66

우리의 관점   68

도전과 응전   70

자본주의와 브랜드(Brand)   72

말과 진실게임   74

바디 랭귀지(Body Language)   76

의사전달의 추이   78

영웅과 소시민   80

송년(送年)   82

힘과 정의(正義)   84

행사와 유대(紐帶)   86

지구화 시대의 체면론(體面論)   88

질문하는 죄   91

좋은 사람 나쁜 사람   93

표정 관리   96

가장 영예로운 사람   98

도마뱀 꼬리 정서(情緒)   100

제3부 심리와 건강

심리대화 치료의 변(辯)　106

내적 삼권체제　108

직감의 존중　110

심상의 효과　112

감상의 치료 효과　114

취급주의　116

마음 검사　118

극약 처방　120

화병　122

심리보험　124

마귀 탓　126

감성지능(EQ)　128

감정 아울렛(Outlet)　130

경청(傾聽)　132

원시안(遠視眼)　134

두려움과 죄　136

유활(流活)　138

사모사(思慕思)　140

정신 건강　142

반동형성(Reaction Formation)　144

영역(領域) 주장　146

제4부 일상의 삽화

겨울 향수   150

그리움의 배후   152

무조건적 역성   154

홀로서기   156

정신적 수입   158

끼짱—푼수기   160

자각의 분량   162

추신   164

플루백신 품절의 단상   166

두레박질   168

텃세   170

대오(大悟)   172

순금도금의 장미(Golden Rose)   174

빨간 구두   176

계획적 태만   178

4당(當) 5락(落)   180

제5부 자연과 인생

그대의 월계관　184

생과 사의 특징　186

가을색의 한국인　188

만추와 중년　190

장수(長壽)　192

잡초와 인생　194

여가와 문화　196

어둠의 활용　198

제6부 삶의 미학

행복에 대하여 202

슬픔에 대하여 204

자살에 대하여 206

자유함을 위하여 208

성숙의 의미 210

인복(人福) 212

기억과 상상 214

개성(個性) 216

화의 미덕 218

애송시에 부처 220

이별의 미학 222

마이 웨이(My Way) 224

우아한 퇴장 226

가라오케와 라인댄스 228

스타일―무언의 언어 230

한 잔 술의 이해 232

이탈(離脫) 234

프라임 타임(Prime Time) 236

상품 미학 239

영혼의 반려(伴侶) 243

타관객지(他官客地)에서 꾸는 꿈 247

제1부 **남자와 여자**

색소폰과 장미 | 섹스―남자의 언어 | 사랑의 습관 | 커피 한 잔의 신드롬 | 잔소리의 실상 | 공처가의 현주소 | 당신은 누구시길래 | 케익맨(Cake Man) | 남자의 마음 | 여자의 미스터리 | 여자를 위한 선물 | 마무리 작전 | 황룡사 벽화 같은 사람아! | 남자들의 증상 | 러브 맵(Love Map) | 당신과 나 사이에 | 부부의 성(性) | 쿠울리지 효과(Coolidge Effect) | 연인(戀人)과 부부

색소폰과 장미

전화도 끊긴 늦은 시각에 초인종이 울렸다. 한국에서 온 장나라 콘서트에서 돌아와 상기된 얼굴로 재잘거리던 큰 아이가 무심코 문을 열었다. 소스라치게 놀란 얼굴로 뒷걸음치던 딸아이가 한 입 베어 물었던 햄조각을 내던지고 머뭇머뭇 현관 밖으로 다시 나간 순간, 흐느끼는 듯한 색소폰 소리가 들려왔다. 순간적으로 현관에 모인 식구들은 놀라움에 눈만 껌뻑일 뿐 감히 문을 열 엄두를 못낸 채 손가락에 침을 발라 창호지를 뚫고 훔쳐보았다던 우리 조상들과 같은 호기심으로 숨죽인 채 요령껏 밖을 내다보려 애썼다. 어슴푸레한 야외등 불빛 사이로 막 피기 시작한 튤립과 수선화만 보일 뿐 처마 아래 올라선 색소폰 주자는 보이지 않고 심금을 울리는 음악소리는 계속되었다. 드디어 음악이 그치고 잠시의 침묵 끝에 꽃처럼 웃음이 핀 딸아이가 장미 다발을 들고 들어섰다. 색소폰 주자가 잠시 들려도 되겠느냐는 물음과 함께. 젊은이의 싱그러운 웃음과 함께 내민 손을 맞으며 내가 느꼈던 어색함과 흥분. 거실에서 차를 마시며 도란도란 나누는 그들의 이야기 소리는 맑은 시냇물의 흐름처럼 낭랑하고 유장하게 이어져 갔다.

프람(prom)*에 함께 가자는 제의를 하기 위해 색소폰과 장미를 준비해온 젊은이는 키가 훌쩍 크고 웃는 눈을 가진 중국인이었다. 학교에서 저희끼리 보는 시간이 있으련만 자연스럽게 부모의 승낙을 구하며 감동의 연주를 감행한 처음보는 젊은이에게서 나는 말할 수 없는 호감을 느꼈다. 마음에 둔 이에게 타성에 젖지 않은 태도로 감동을 연출할 수 있는 자신감과 열정, 자연스럽고 환한 분위기를 가진 사람에게 어찌 신뢰와 애정을 느끼지 않을 수 있겠는가. 진솔한 사람은 무엇을 행하든 스스로 편안하다. 색소폰과 장미 그리고 젊은이의 싱그러운 미소가 어우러져 참으로 화려한 봄밤이었다.

* 프람(Prom): 고교 졸업생들에 의해 주도되는 학교의 무도회

섹스 — 남자의 언어

여자가 남자보다 감정적이라고 믿는 사람은 많지만 그것이 상대적으로 남자가 여자보다 감정적으로 약하기 때문에 일어나는 현상임을 아는 사람은 별로 없다. 남녀를 막론하고 사람은 누구나 본능적으로 자신 없는 부분이나 결점이 있는 부분은 피하고 위장하고 감추게 된다. 대부분의 남자들은 감정을 말로 표현하는 일에 불능이다. 남자들이 부담 없이 잘하는 유일한 감정표현이 있다면 바로 화내기이다. 여자들이 다양하게 표현하는 감정들을 남자들은 침묵하기 아니면 화내기로 표현하는 경우가 다반사이다. 따라서 화를 내고 있는 남자의 진짜 이유는 표면상으로 떠오른 분노 이면에 실망·좌절·상처 등의 감정뿐 아니라 뜻밖에도 외로움·고독·그리움·두려움같이 부드럽고 연약한 감정들이 감춰져 있을 수 있다.

남자들이 가진 또 하나의 감정 출구는 섹스이다. 부부 싸움의 여운이 가시기도 전에 부부관계를 시도하는 남편을 섹스광이라고 믿는 아내가 있다면 그 아내는 불행할 수밖에 없다. 남자에게 있어 섹스는 육체적인 접촉을 통해 가까운 사이를 확인하는 중요한 수단이며 말로 표현하기 난감한 감정들, 즉 애정·죄책감·화해·수치심·불안 등의 미표현의 감정으로 인해 생긴 에너지를 방출해내는 통로이기도 하다. 맥로린이라는 작가는 사랑이라는 미묘한 감정을 느낄 때 여자는 함께 이야기하고 싶어지지만 남자는 침대로 가기를 원한다고 묘사하고 있다. 그 이유를 오직 남자는 섹스광이기 때문이라고 치부한다면 남자는 여자에게 영원한 미스터리일 뿐 아니라 경멸의 대상으로 낙찰될 위험까지 있다.

남자가 자신의 존재를 확인하고 인정받고 안정을 찾는 몸짓으로 섹스를 구한다면, 섹스는 남자에게 있어 또 하나의 언어이고 무언의 표현수단이며 여러 의미를 한꺼번에 전달하는 의사소통의 매체인 셈이다. 재클린 오나시스 케네디는 세상에는 두 가지 타입의 여자가 있는데 하나는 세상의 권력을 구하는 형이고, 다른 하나는 침실에서 파워를 원하는 형이라고 했다. 여인천하에서 보여지듯, 침실의 권력이 세상의 권력으로 이어지는 일은 정한 이치였다. 그래도 그 이유가 단순히 섹스라고 생각되는가? 남자도 여자 못지않게 감상적이며 지적인 동물임을 잊어서는 안 될 것이다.

사랑의 습관

 갖가지 화려한 빛깔의 디저트 대신 호박죽을 택하고 티라미슈보다 삶은 고구마를 청하는 나는 친구들 사이에서 아직도 "천상 촌년"이다. 어릴 때부터 먹어온 것을 더 즐겨먹게 되는 것이 음식에 대한 습관이다.

 인간의 특징 중 하나가 습관을 만들며 그 습관에 따라 사는 동물이다는 점이다. 옷 입는 스타일부터 동작과 걸음걸이에 이르기까지 우리는 저마다에게 익숙하고 그래서 편안한 형태를 택한다. 잠을 잘 때도 침대의 좌측이든 우측이든 우리가 눕는 자리가 있고, 바나나 껍질을 벗겨도 꼭지부터인지 꽁지부터인지 나름의 버릇이 있다. 어색할 때 취하는 버릇이 있는가 하면, 생각에 빠져 때론 의도하지 않았는데도 습관적으로 빠지는 길이 있지 않던가. 습관은 반복된 생각이나 행동의 결과다. 흔히들 속수무책으로 일어나는 감정이라고 믿는 사랑과 미움도 습관과 무관치 않다.

사랑에 빠진 사람들은 그 대상을 쉴새없이 생각하고 그리워하며 그리워하므로 더 그리워하게 되는 습관을 형성하는 것이다. 그러다 실연하게 되면 자살기도까지 갈만큼 절망하지만 그리움과 만남의 고리가 끊기고 얼마큼 시간이 흐르면 "희미한 옛사랑의 그림자"로 남을 뿐인 것은 더 이상 그 사랑에 대한 습관이 유지되지 않는 탓이다.

우리는 사랑의 상징으로 하트를 그린다. 그것은 아리스토텔레스가 우리의 성정이 심장의 작용이라고 설파한데서 유래한 것이다. 과학은 우리가 느끼는 감정을 두뇌에서 일어나는 화학성분의 작용임을 밝히고 있다. 즉 정신은 화학적 반응의 배합인 셈이며 어느 정도는 우리의 선택 안에 있음을 알 수 있다. 잔잔하고 감미로운 음악을 들으면서 로맨틱해지고 재즈나 비트가 강한 음악을 들으면 에너지와 율동이 일어나는 것도 바로 그런 이유에서다.

사랑해야 하는데 사랑할 수 없는 사람이 있다면 사랑을 위한 워크아웃(workout)을 시작할 때이다. 그 사람에 대한 좋은 기억, 매력있는 측면을 집중적으로 생각하는 것, 작정하고 다정하게 다가가는 노력, 몇 초간의 짧은 입맞춤과 포옹을 가능한 자주 나누는 것 등을 통해 사랑의 습관을 만들어 가는 것이다. 건강하고 좋은 몸매를 위해서는 규칙적인 운동이 필요하듯, 자연스럽게 피어나는 사랑은 뜻밖에도 우리가 의식적, 무의식적으로 가꾸는 사랑의 습관의 결과이기 때문이다.

커피 한 잔의 신드롬

인간의 수명이 연장되면서 나이에 대한 시각 또한 차이를 보여왔다. 18세기까지만 해도 유럽인의 평균 수명은 사십대로 나타나고 있고, 중국에서도 '인생 70이면 고래희'라 하여 말 그대로 희귀하다 하였다. 인생의 중년기가 요즘 들어 미드라이프라고 칭해지고 아울러 미드라이프 크라이시스(Mid—life crisis)라는 위기의 시기로 논의되고 있다. 십대들이 겪는 사춘기와 흡사한 불안과 갈등, 우울증 같은 특징이 있는 탓에 제2의 사춘기라고 부르는 심리학자도 있다.

성장과 발전을 향해 바퀴 달린 신발을 신은 듯 앞만 보고 질주하던 삶이 직업을 찾고 가정을 꾸리면서 어느 정도 정착될 무렵이 바로 중년기이다. 거울 속에서 만나는 젊음의 상실 외에도 자신이 꿈꾸어 온 인생과 현실로 나타난 삶 사이의 괴리, 가족과 친지의 죽음을 통해 실감하게 되는 죽음에 대한 인식, 스트레스와 타성에 젖은 인간관계 속에서 어느 날 문득 '군중 속의 고독'과 만나는 것이다.

가까운 사람들까지도 역할에 따른 타성 속에서만 받아들여지고 있는 자신을 발견할 때 낭만이 사라져 버린 삶은 우수와 허무의 장이 된다. 중년기의 바람기는 바로 이 고독과 외로움이 주범이다. 마음이 통하는 이와 차 한 잔을 나누며 대화할 수 있었으면 하는 소박한 바람이 뜻밖에도 살아 있음을 느끼게 하는 신선함으로 실현될 때, 만남이 잦아지게 되고 만나면 정이 드는 공식을 거쳐 잘못된 관계로 진척되기도 한다.

'커피 한잔의 신드롬'은 바로 중년이 타는 외로움을 말한다. 담아둔 심연의 이야기를 함께 나눌 수 있고, 또 이해해 줄 누군가를 절실하게 그리워하는데서 나온 현상이다. 창 넓은 카페에서의 커피 한 잔—누구를 떠올리는가. 외로움에 휘둘리지 말고 외로움을 다스리는 중년이 되어야 할 것이다. 공자 왈, 인생 사십이면 불혹이라고 하지 않던가.

잔소리의 실상

"채소를 먹으며 서로 사랑하는 것이 살찐 소를 먹으며 서로 미워하는 것보다 나으리라"고 한 성경의 잠언은 우리 삶의 질은 빈부의 상태와 큰 관련이 없음을 지적한 것이다. 물질에 관한 한 비싸면 대체로 좋은 게 사실이다. 그래서 자칫 명품을 쫓는 것이 수준 높은 생활의 척도로 보여지기도 한다. 그러나 사람과 인생의 질은 보여지는 것에 있음이 아닌 탓에 혼돈이 생긴다. 사회의 현상이나 남의 평가에 의지해 자신의 수준을 가늠하는 사람은 자기 자신은 물론 주변 사람 모두에게 불만족할 수밖에 없다.

잔소리는 미흡하거나 성에 차지 않을 때 반복해서 하게 되는 불평이다. 잔소리할 대상이 많고 그래야만 생활이 그나마 유지된다고 믿는 사람이, 자기 자신에게는 만족한다면 그 사람이야말로 연구 대상이다. 잔소리는 이유야 어떻든 스스로 불만족스럽고 불안정한 사람이 주변의 사람이나 사건을 빗대어 이를 풀어내고자 하는 고백적 특성이 있다. 자신의 불만족을 보상하고 보충하려는 의지가 다른 사람을 향한 요구와 조건으로 표현된다. 아이들의 진로나 학교 선택을 두고 이견을 보이고 갈등을 겪는 많은 부모들은 아이들을 질책하기에 앞서 자신들을 먼저 검토해 볼 필요가 있다. 현실을 감안할 때랄지 상식적으로 볼 때라는 식의 어물쩡한 이유가 아닌 진짜 이유는 부모들 안에서 발견될 것이다. 아이들에게 공부를 안 한다고 불만하는 염려와 잔소리가 도를 넘어 서로 상처내는 말을 교환하고 결국 정이 나게 된다면 그 아이나 부모에게 무슨 득이 있겠는가. 아이들이 성공하기를 바라는 부모의 마음은 장차 "살찐 소"를 먹으며 살 수 있는 생활 수준을 의미하는 것일 것이다.

삶의 질을 놓고 고려할 때 사랑과 성공 중 어느 것이 더 중요한지 고려해 볼 필요가 있다. 사랑은 나중을 위해 저축되고 예금될 수 있는 성질의 것이 아니다. 우리 몸에 필요한 신진대사나 호흡처럼 끊임없이 지속되고 습관으로 이어져서 성격으로 연결되어야만 사랑의 실천과 누림이 가능한 건강한 사람이 된다. 사랑과 잔소리는 서로의 빈자리를 향해 침노하는 적수의 관계에 있다. 사랑이 많은 자리에는 잔소리가 낄 틈이 없으며 잔소리가 널린 곳에는 사랑이 희박하다.

공처가의 현주소

우리는 조용하고 사랑스러운 남자 곁에 딱 부러지고 씩씩해 보이는 여자가 있음을 흔하게 본다. 보드라운 남자(soft male)들은 그들이 선택한 혹은 선택당한 강하고 생기 넘치는 여자들에게 이끌려 모임에 나가고, 골라준 넥타이를 매며, 그녀들이 권하는 음식을 먹는다. 좀체 자신의 생각을 말하지 않고 생활 속에서 이의를 제기하는 법도 없다. 눈치껏 말줄임표 또는 아예 말없음표를 찍은 얼굴로 조용하게 자리매김하는 것으로 당초부터 백기를 들 위험을 피한다. 평화를 위하여 싫어도 싫은 내색없이 넘어가다 보니 좋은 것도 좋다고 표현하는 것이 열 적어 일관되게 무표정이다.

이래도 흥 저래도 흥 하는 식으로 사람 좋아 보이는 남편들 치고 그들을 고마워하고 감사하는 아내보다는 바가지 심하게 긁고 주문 사항이 많은 아내를 두고 있음은 웬일인가. 그들은 하찮고 사소로운 일에도 잔소리가 끊이지 않고 때론 목숨을 건 사투도 불사할 듯한 의지를 보이는 자신의 아내들을 세상에 이해 못할 건 여자라는 획일된 사고에 의지해 체념한다. 생각하건대, 아내의 요구에 이의없이 순복하고 가정의 평화를 위해 조용하게 입 다물고 사는 남편들은 행복한 사람들이 아니다. 그들은 큰 탈 없이 부부관계나 생활을 유지해 나가지만 위상이 위축된 채 자신은 물론 다른 사람의 생에 윤기를 주고 활력을 공급하기에는 역부족이다. 좁아진 남자들의 빈자리를 채우고 보상하기 위해 최대한의 여력을 발휘해야 하는 여자들은 그들대로 불만과 불평을 틈이 날 때마다 토로한다.

남녀를 막론하고 행복한 사람은 잔소리를 하지 않는다. 좋은 섹스는 쌍방간의 열정어린 참여가 있어야 하듯 살맛나는 삶에는 때론 화끈한 대응과 반짝이는 제안이 필수사항이다. 끝없이 밀리기만 하고 달리 반응이 없는 사람과 삶의 문제를 의논하고 해결하고자 하는 의지가 생기겠는가. 잔소리하는 사람이 원하는 것은 대체로 잔소리의 내용과는 상관없이 상대방의 확실한 응대이다. 현상 유지만을 바라고 맥없고 지루한 남자를 보면서 김빠지지 않는 여자는 없을 것이다. 귀에 익은 잔소리가 시작되고 있는가. 한 마디로 멈추게 하는 용기만 있으면 된다. 용기를 낸 공처가 파이팅!

당신은 누구시길래

옷깃만 스쳐도 인연이라고 하는 불가(佛家)의 전언은 만남의 소중함을 일컫는다. 모래알같이 많은 사람들 중에 만난 소중한 단 한 사람이 연인이며, 이 세상을 함께 가기로 서약하면 배우자이다. 연인이나 배우자는 외로울 때 기댈 수 있는 품이 되어주고, 힘들고 지칠 때 감싸주는 울타리가 되며 필요할 때 스스럼없이 하소연할 수 있는 바로 그런 사람이어야 한다. 운명 같은 만남도 있겠고 새로운 사업을 구상하듯이 손익이 고려된 맺어짐 일 수도 있다. 타인과 더불어 설계하는 삶의 동기가 외로움 탓이든 삶의 경비를 줄이기 위한 것이든 간에 궁극적으로 혼자의 삶보다는 나은 삶을 향해 내린 결정임에는 차이가 없을 것이다.

"아름다운 죄 사랑" 때문이거나 결혼서약을 한 죄로 목숨을 위협받는 사람들의 처절함이 영화나 소설 속의 주제가 되고 있는 이유가 있다. 미국에서 살해당하는 여성 5명 중 2명의 범인은 그들의 남편이고 매 15초마다 미국 땅 어딘가에는 남편이나 연인에게 구타당하고 있는 여성이 있다는 통계는 악연의 비극을 절감시킨다. 천하에 둘도 없는 여자라도 폭력 남편을 만나면 맞을 수밖에 없다.

오이 냄새만 맡으면 한국에 계신 친정어머니가 생각나서 눈물 없이는 더 이상 오이를 먹을 수 없게 되었다는 한 여인은, 수년 간의 심한 구타로 뼈가 멍들고 앞니는 모두 의치였다. 남편과 헤어졌는데도 해질녘만 되면 여전히 가슴이 두방망이질을 치고 두려움이 어둠보다 짙게 밀려든다고 했다.

너무도 시린 외로움에 아이의 손을 새삼스레 잡아보며 '너는 아빠를 사랑하니' 하고 속울음 섞인 질문을 소리없이 허공에 던져본다던 중년의 한 남자는, 서로 소 닭 보듯이 지내는 한지붕 밑 별거생활을 남의 일인 듯 쓸쓸하게 털어놓았다. 소수이긴 하지만 학대받고 구타당하는 남편들은 어디에 하소연조차 할 수 없다.

잘살아 보자 했던 만남이 서로를 흘겨보며 끊임없이 흠집을 내거나 자신의 욕심을 채우려 머슴이나 노예처럼 부려먹거나, 깊은 멸시와 냉소로 학대하며 살게 된 날의 시작과 그 실마리는 어디서 찾을 수 있을까. 그 이유가 정녕 비난받아 마땅하다고 믿는 상대방의 잘못 가운데서 찾아질 수 있을까. 당신은 정녕 누구시길래 소중한 인연으로 만나 삶의 동반자 된 사람에게 뼈 시린 외로움, 죽음보다 더한 공포를 심어놓았는가.

케익맨(Cake Man)

일부일처제는 역사상으로 보면 유대교와 기독교적 산물이다. 문화적 차이는 있어도 전세계적으로 가부장제 하에 운영되어온 인류의 역사는 일부다처의 습관을 허용하였다. 한 남자가 거느리는 여자의 수는 능력의 상징이기도 했던 만큼 아직도 희미하게나마 그 잔영이 남아있음도 사실이다. 인류학적으로 남자들은 사냥꾼으로서의 원형을 지니고 있어서 먹이를 구해옴으로써 구성원의 생계를 책임지고, 밖으로 돌면서 후손을 더 많이 퍼뜨리려는 욕구를 가진 존재라고 한다. 케익맨은 케익 한 조각을 두고 보거나 먹거나 할 수는 있어도 먹으면서 동시에 보존하고 있을 수는 없다는 영어 속담을 근거로, 불가능한 두 가지를 동시에 하는 남자, 즉 이중생활을 하는 사람을 뜻한다. 즉 가정을 두고 있으면서 밖에서는 연인을 가지고 있는 경우의 남자를 말함이다. 통계상으로는 결혼한 남자의 80%는 외도의 경험이 있고 그 중 많은 수가 이중생활을 영위한다. 만약 외도가 사랑 때문이라면 결단이 요구되는 일일 것이다. 일부일처제의 체제 속에서 품격을 유지하고 살려면 어느 한쪽으로든 정리를 해야만 한다. 케익맨은 결단의 필요성을 느끼지 않는다. 가정을 바탕으로 하되 채워지지 않는 필요만 다른 여자와의 관계에서 보충하는 것이 목적이기 때문에 머리가 복잡해지는 일은 원치 않는다. 케익맨은 새 애인에게 언젠가는 가정을 정리하고 그녀와 새로운 보금자리를 꾸미고 싶다는 희망사항 또는 지키지 못할 약속을 하지만 그 자신은 결코 그런 결정을 내릴 자신도 의지도 없다. 스스로에게 온갖 구실을 붙여가며 자신이 가진 안정되고 안락한 여건을 포기하지 않는다. 그렇다고 새 연인을 포기할 준비도 되어있지 않다. 이중생활이 어떤 이유로든 더 이상 가능하지 않게 될 때 그가 돌아가는 곳은 가정이다. 그리고 어느 정도 상황이 평정될 만하면 적절한 애인을 또 찾아내고 다시 케익맨의 자리로 돌아간다.

바람나는 모든 경우가 다 케익맨의 경우인 것은 물론 아니다. 만일 그것이 사랑, 순수한 열정의 것이라면 생의 우선권을 고려한 결단이 따를 것이다. 열정은 기쁨과 함께 고통을 수반한다. 열정, 즉 패션의 어원은 "고통받는다"라는 뜻의 라틴어이다. 열정은 인생에 있어 절대적으로 필요한 것에 대한 자각에서 비롯된다. 열정 있는 사람은 케익맨 같은 비겁한 범인의 사랑 놀음 따위는 하지 않는다. 고통을 기꺼이 수용하는 용기를 가지고 결단을 내리며 사는 사람은 이중생활을 하지 않는다. 사랑은 소수에게 주어진 축복이며 오직 비겁과 만용의 중도인 중용을 아는 자만이 취하는 선택의 열매이다. 사랑은 아무나 하나.

남자의 마음

대수롭지 않게 보이면서도 어쩐지 마음에 부담을 주는 대상을 보면 윽박질러 눌러버리려고 하는 게 보통 남자들의 심정이다. 불편한 심기가 될 소지가 엿보이면 초장에 싹을 잘라서 기선을 잡고자 하는 심사다. 여성을 무시하는 남성들의 심정적 바탕에는 여성의 영향력에 대한 두려움이 있다고 한다. 남성의 생리적, 심리적 기반은 여성에 비해 상대적으로 약하다. 남성의 성염색체인 Y는 여성의 성염색체 X보다 약하기 때문에 남아의 사망률이 여아의 사망률보다 높다고 알려져 있다. "남자보다 이삼 년씩 더 빨리 성숙해 남자보다 칠팔 년씩 세상을 더 향유" 한다고 한 시인 배미순 님의 여성예찬의 시 구절은 통계적으로도 사실이다.

정신분석학자인 프로이드는 여성은 음경 결핍에 따른 음경선망 (penis envy)의 심리적 콤플렉스 때문에 도덕이나 심리 발달에 있어 열등하다고 주장했다. 카렌호니는 이에맞서 남성들에게 유방선망과 자궁선망의 심리적 콤플렉스가 있음을 치료사례를 통해 밝히고 있다. 또한 아이들이 자라면서 자아정체성이 형성되는데 남아들은 어머니와 동일시되는 단계를 벗어나야 하기 때문에 심리적으로 불안정해질 기회가 크다고 한다. 그래서 어머니로부터 자립하지 못하는 남아는 자라기 싫어한 결과로 마마보이나 피터팬 증후군을 보이는 남성이 되거나, 감정을 지나치게 억압하면서 과격하게 어머니로부터 벗어나고자 하는 남아는 감정표현이 어려운 냉혹한 남성이 된다고 알려져있다.

남자라는 이유로 감정을 표현하기보다는 묻어두고 사는 데 익숙해져 표현법마저 잊어버린 사람들은 감정의 체증을 안고 있다. 체증이 나면 설사 남들은 역겨워할 망정 트림이라도 해야 넘어 가듯이 괜한 역정을 부리거나 술기운에 의지하거나 운동에 몰입하는 일 등을 통해 넘어간다. 그러면서도 유행가 가사처럼 가슴 한 구석에 "언제 한 번 울어 울어볼 날"을 그리는 남자들은 외딴 섬의 해송처럼 쓸쓸하다. 모성에 대한 동경은 고향에 대한 그리움과도 같다. 체증에는 어머니의 약손이 필요했듯이 남자들은 부드럽게 쓰다듬는 여자의 손길을 필요로 한다. "흙으로 만든 남자보다 남자의 갈비뼈로 만든 여자가 더 강한 이유는 원료가 뼈이기 때문"이라는데 관용은 또한 강자의 미덕임으로 너그럽게 품어주는 역할은 여성에게 기대해야 할 몫이다.

여자의 미스터리

　도대체 여자가 원하는 것은 무엇인가? 이것은 평생을 인간의 심리 분석에 헌신한 프로이드가 최후까지 그 해답을 얻지 못해 절규한 내용이다. 많은 남자들에게 여자는 정말 미스터리인가? 그런가 하면 세상을 떠들썩하게 하고, 많은 여자들을 울리는 카사노바들은 미남인 것도 부를 소유한 이들도 아닌 경우가 많다.

　여자는 남자에게서 과연 무엇을 원하는가. 해답의 실마리는 뜻밖에도 남자들이 흔히 들으면서도 대수롭지 않게 간과해 버리는 대목에 있다. '이 옷 어때요?' '내 헤어스타일 바뀐 것 알아요?' 그 여자의 스타일에 대해 한 마디 말해 줄 의사가 있는가. 그 한 마디로 그대가 얻는 대가는 물질로는 환산이 안 되는 가치 즉 프라이스리스임을 믿을 수 있겠는가. 여자들은 머리로 이해되어야 가슴에 울림이 가 닿는다. 보는 것보다는 귀로 들을 때 감정이 열린다. 여자들은 섹스 없이도 따스하고 정감어린 제스처와 달콤한 속삭임만으로 엑스터시를 경험할 수 있으며, 지속적이고 진지한 대화만으로 영혼의 반려가 될 수 있다는 확신을 가지기고 한다. 문제 앞에서 해결책이 안 보여도 어깨를 다독이며 함께 힘들어하고 있음을 알리는 제스처 하나나, 속상해서 울상인 여자를 향해 시시콜콜 시비를 가리고 충고하는 수고를 하기보다는 함께 속상해 한다고 해주는 말 한 마디면 그만이다.

여자가 남자에게서 원하는 것은 바로 귀로 들을 수 있는 그의 마음이다. 여자는 상대방의 생각과 마음을 들을 때 정서적으로 안정을 느낀다. 너무 간단한 진리는 쉽게 간과되고 무시된다. 여자를 위하는 비결, 좀 속되게 말해 홀리는 비결은 그녀가 들을 수 있게 말을 하라는 것이다. 여자에게는 보는 것이 아니라 듣는 것이 곧 믿는 것이다. 자신의 의사와 감정을 솔직한 말로 표현할 수 있는 남자에게는 비아그라가 필요치 않다. 사랑으로 가득 찬 그녀가 모든 이해와 도움을 줄 것이므로.

여자를 위한 선물

"이혼하지 않으려고 온갖 노력을 다 해보았지만 허사였습니다." 수하에 40여 명의 디자이너를 거느린 회사의 사장인 그 사람은 각자의 비행기를 기다리며 나눈 길지 않은 대화 끝에 뜻밖에도 절실하고 아픈 사적인 이야기를 들려주었다. 당시에 그가 잘못한 게 있다면 너무도 열심히 일하느라 다른 것을 돌볼 겨를이 없이 살았다는 점 한 가지였다고 했다. 그렇게해서 이룬 성공이 어느 날 아내가 내민 이혼 서류를 접하고서야 두 자녀와 아내가 있는 가정과 바꾼 결과임을 깨닫고 허무했노라고 말하는 푸른 바다빛의 그의 눈에는 어느덧 물기가 어려 있었다. 처음에는 어이없고 황당하기만 했다는 그는 어디서부터 무엇이 잘못된 것인지 알기 위해 상담과 여러 책을 통해 수 개월의 시간을 보내고서야 부부간에 있어야 할 친밀감이 20년간의 결혼생활 동안 결여되었음을 알게 되었다고 했다.

여자는 남자에게서 무엇을 원하는가. 여자는 언제 남자를 떠나고 싶어 하는가. 남자들은 여자가 능력 있고 돈 많은 남자를 원한다고 믿는다. 그래서 열심히 일하고 성공하고 값비싼 선물을 하는 것이야말로 여자에게 인정받는 길이라고 오해하고 산다. 돈 많고 능력 있으면서 냉랭하고 거만한 남편은 아내로부터 마음 깊은 곳에서부터 외면을 당해도, 생활력이 떨어지고 무능할지라도 다정하고 따스한 남편은 버림받는 일이 없음은 무엇을 말함인가. 말로 천 냥 빚을 갚는다는 옛말이 모든 인간관계에 해당됨을 인지하는 우리는 그 말이 남자가 여자를 대함에 있어 금언으로 삼는다면, 그 어떤 만병 통치약보다도 효과 있는 관계 치료제임을 알 수 있을 것이다.

여자를 감동시키는 선물은 일 년에 한 번 주는 값비싼 선물보다는 소소한 것일지라도 의미 있게 자주하는 선물이며 따스하게 감싸주는 몇 마디의 말이다. 100송이 장미 한 다발을 한 번 주고 끝나기보다는 한 송이의 장미를 100번에 걸쳐 주는 것이 백 배의 효과를 얻는 선물법이다. 여자들은 선물의 내용보다는 그 선물을 준비하는 마음에 더 높은 점수를 주는 까닭이다. 그는 "여자가 남자를 떠날 때"라는 제목의 책을 내게 보이며 아내를 잘못 이해했던 자신의 실책을 인정했다. 탑승하기 전 귀한 이야기를 들려준 것을 고마워하며 왜 낯선 내게 아픈 자신의 이야기를 하고 싶었는지 물었다. 그는 자기도 모르는 일이라며 멋쩍게 웃을 때 내가 말했다. 모르셨겠지만 저는 남의 아픔을 듣는 것이 직업입니다. 솔직하게 아픔을 이야기할 수 있음은 그만큼 자신을 찾으셨다는 증거이기도 합니다. 그의 선해 보이는 눈에 함박웃음이 깃들었다. 이번에는 소리 내지 않고 말했다. 행복해지십시오. 꼭 그렇게 되실 것입니다.

마무리 작전

그 일요일의 햇볕은 곡식을 탱탱하게 여물게 하고 푸른 사과들을 능금 빛깔로 물들이기에 족할 만치 따갑고도 화창했다. 아는 이의 송별식을 겸한 골프대회가 있다고 초청장에 박힌 날짜이기도 하지만 막상 가지도 못할 거면서도 전형적인 천고마비의 날씨가 반가웠다. 바쁘게 돌아가는 일정과 해내야 할 일들의 책임을 거머쥐다 보면 날씨와 관련된 느낌은 보통 그러한 일상이 담긴 그림의 배경 정도로 그치고 마는데도 그 날 따라 파란 하늘과 풀 먹인 듯한 햇살에 대한 감동 탓인지 짜여진 일정이 더 빡빡하게 다가왔다.

아침 일찍부터 일정에 따라 몇 단계로 기어를 바꾸어 가면서 여러 다른 역할을 감당하고 귀가했을 때는 이미 어둠이 단단하게 굳어지고 난 후였다. 해 넘어간 서녘 하늘가로 남은 여명의 노을처럼, 피곤한 가운데에도 휴식에 대한 희망을 가지고 현관문을 열고 들어섰다. 반가이 맞는 음성들 사이로 얼굴없이 도드라지는 목소리 하나가 꽹멕이 소리처럼 귓전을 치며 들려왔다. "저녁 아직 안 먹었는데……." 순간 아니, 지금이 몇 시인데 하는 반사작용이 일었지만 아이들에게 확인부터 할 요량으로 정말 저녁을 안 먹었는지 물으니 먹었다고 하는 녀석도 있고 배 안 고프다고 하는 녀석도 나왔다. 애들의 편안한 대답을 듣고 나니 오라, 할 말은 이것 이렸다 싶어 큰 소리로 목소리가 나온 쪽을 향해 소리쳤다. "어른이 애들은 각자 끼니를 해결하거나 말거나 방치해 두고 이 몸이 왕림하시기만을 기다렸다는 거예요? 네?" 조용하다 갑자기 터진 반향이 의외로 드셌던지 잘 들리지도 않을만치 작은 목소리 왈, "아니 그게 아니고 막상 밥을 먹을까 하던 참이라……." 어느새 식당 방에 모여든 얼굴들이 조금은 머쓱했다. "개구리가 합창단원으로서 노래 연습을 할 때였단다. 개구리가 목청껏 소리 높여 랄랄랄 하는 소리에 짜증이 난 단장이 소리를 꽥 질렀지. '야, 거기 입 큰 놈은 그만 가라.' 개구리는 순간 목을 쏙 움츠리고 입을 조그맣게 오무린 뒤 롤롤롤 조그맣게 노래 하더래." 아이들이 무슨 뜻인지 눈치를 챘는지 내용이 우스워서였는지 박장대소를 했다. 덧붙여 말할 게 있는데, 그 얘기는 데이트할 때 들었던 개구리 시리즈 중 하나거든. 그리고 그 얘기를 해 준 사람은 바로 큰 소리로 밥 타령했다가 기죽은 목소리로 롤롤롤 한 그 사람이란다.

황룡사 벽화 같은 사람아!

아버지에 대한 원망을 길게 엮으시다가도 사흘들이 전화를 걸어 한 달 간의 당신의 부재(不在)에 따른 아버지의 심정을 확인하시는 어머니께 '아직도 그대는 내 사랑' 식의 짝사랑의 표현이 아닌지 힐문한 적이 있다. 황룡사 벽화 같은 사람인지 모르면서 반세기 가까운 세월을 아직도 처음 본 그때처럼 행여나 하는 기대를 간직하고 있노라는 태연한 답을 들었다. 세월이 가도 처음 만났을 때의 인상 그대로 간직될 수 있는 사랑이 있을까. 사람들은 상대를 향해 가졌던 희망사항이 섞인 첫 인상의 미련을 쉽사리 포기하지 않는다. 그것은 거듭되면서 함께 삶의 무늬를 만들어내는 아름다운 꿈이자 쓸쓸한 현실일 수 있다.

여자가 남자를 보고 한눈에 반할 때 그 여자가 본 것은 무엇일까. 남자가 '천둥치는 운명'으로 만난 여자에게서 찾아내는 것은 무엇일까. 반한다는 것은 자신을 투사(投射)할 때 일어나는 현상이다. 그 상대방 때문에 반하는 게 아니고 그를 통해 이미 나름대로 갖고 있던 사랑하는 사람에 관한 이미지가 조명된 탓이다. 누군가를 알기 전부터 우리는 저마다 좋아하는 사람에 대한 취향이 있다. 사랑하고픈 사람을 향한 이미지는 부모나 소설이나 영화에서 알게 된 인물들로부터 이끌어 내진 이미지다. 자신의 부모 중 한 사람과 흡사한 타입의 배우자를 취하는 경우가 많은 것도 이 때문이다.

사람들은 살면서 가장 가까이에서 보고 사는 사람으로부터 어구낭창한 꼴을 당해도, 그래도 설마하고 상대방에 대해서 가졌던 기대를 쉽게 내려놓지 못한다. 믿었던 것과는 달리 무심하고 야속한 사람이라고 하면서도 언젠가는 '내 마음을 아실 이'라고 믿고 싶어 한다. 때론 허우대 멀쩡한 사람이 무위도식하는 경우에도 언젠가 때가 되면 물고기가 물을 만난 듯 잘나가겠지라는 기대를 보전한다. 무뚝뚝하고 인정 없다고 여겨지는 자신의 배우자와는 달리 친절하고 상냥한 남의 남자 혹은 여자를 보면서 간혹 '저런 사람과 사는 사람에게도 불만이 있을까' 싶어질 수 있다. 그러나 기대나 미련을 통해 보고 있는 사람이나 속 내용은 모른 채 외양으로만 그럴 듯 해 뵈는 사람들은 죄다 육순이신 어머니의 명언처럼 황룡사 벽화 같은 사람들일 것이다. 솔거가 그린 황룡사 벽화의 노송은 하도 실감나서 무수한 새들이 그 소나무에 깃들기 위해 날아들었다가 벽에 부딪혀 죽어갔다고 한다. 포기하기엔 너무도 그럴듯해서 '언젠가'는 하는 바람으로 바라보게 할 뿐인 사람, 이름하여 황룡사 벽화 같은 사람이다.

남자들의 증상

정상적인 사람이 잘할 수 있는 일이 무엇이냐는 질문에 프로이드는 일과 사랑이라고 했다. 일과 사랑 두 가지 중 하나라도 잘 못하는 사람은 정상적이고 건강한 사람이 아니라는 것이다. 하나의 예로, 일중독 (workaholic)인 사람들은 다른 것을 피하기 위해 일을 도피처로 삼는 사람의 경우가 단연 많다고 한다. 신경과민을 보이고 좌절감과 더불어 우울하고 행복하지 않으며 피곤감이 잦고 걸핏하면 짜증과 화를 내는 남자들의 경우 남성 호르몬인 테스토스테론의 수치가 낮은 것과 관련이 있다고 조사되었다. 생물학자인 제랄드 링컨은 이런 현상을 남자들의 신경과민증상(IMS: Irritable Male Syndrome)이라고 명명했다.

남성 호르몬의 수치는 연령별로는 중년기 전후로 급격히 감소되는 것으로 나타나있다. 일 년 중에는 사 월에 가장 낮고 시 월에 가장 높은 것으로 측정되며 하루 중에는 15~20분 간격으로 주기적인 변동이 있다고 한다. 따라서 남자들은 어떤 면에서 15~20분 간격으로 여성들의 폐경기에 나타나는 증상을 경험한다고 볼 수도 있다는 것이다. 이혼할 용기는 없으면서도 어디론가 떠나거나 자유롭고 싶은 갈망이 크고 사소로운 일에도 욱하고 치솟는 감정이 생긴다면 신경과민증상을 의심해 봄직하다.

미안하다는 말은 죽어도 못하는 남자, 같은 지역을 뱅뱅 돌면서도 절대로 방향을 물어보지 않는 남자도 같은 증상을 가진 사람이다. 이런 남자일수록 감정표현이 가능한 유일한 한 가지는 화를 내는 일이다. 또는 자상하고 친절했던 사람이 어느 날인가부터 비판적이고 심한 말을 막하며 침울해져 있거나 묻는 말에도 침묵으로 일관한다면 신경과민증상을 안고 있다고 볼 일이다. 조개처럼 다문 입을 열기 위해 애를 쓰거나 도대체 왜 그러느냐고 다그치는 일은 불에 기름을 끼얹는 것과 같은 역효과가 있을 뿐이다. 감정을 파악하고 진단하는 데 여자보다 7시간이 더 걸린다는 남자들에게 왜냐고 답을 요구하는 것은 애당초 무리다. 여자들에게는 인내가 남자들에게는 자신의 증상에 대한 자각이 필요한 때이다.

자신의 감정을 솔직하게 표현할 수 있는 사람이 가장 강한 사람이라는 것을 인정할 때 삶은 훨씬 쾌적하고 편안한 여정이 될 것이다. 정상적인 사람이 많은 세상은 억지없는 자연스러운 세상일 것이다. 일과 사랑 둘 다 잘하는 남자를 아는가.

러브 맵(Love Map)

최근 몇 년 동안 책 제목에 영혼이라는 의미인 소울(soul)이라는 글자만 들어가도 베스트셀러가 된다고 할 만큼 동시대인(同時代人)들의 외로움이 깊다. 정신력은 진실을 파악하는 역량이며, 마음은 사고하는 능력이고 영혼은 느낄 수 있는 역량을 포함한다. 사랑을 경험하는 능력은 따라서 영혼의 영역이다. 사람들이 갈망하는 소울 메이트(soul mate)는 함께함으로써 사랑의 지경(地境)과 표현이 무한해지는 까닭에 영혼으로부터 원해지는 대상을 의미한다. 영혼의 반려만큼 이상적인 배우자를 가리키는 극진한 표현이 없을 것이다. 소울 메이트에 대한 관심이 높게 나타난다는 것은 현실에서의 외로움이 그만큼 크다는 것을 반증한다고 하겠다.

사랑은 단순히 좋고 설레이는 감정을 넘어 영혼을 채우고 삶의 충만을 이루는 데 필수적인 요소이다. 자신이 필요해서 상대방을 사랑하는 것이 아니고 사랑하기 때문에 그를 원하는 것이 사랑이다. 상대방이 원하는 것이 무엇인지 알고자 하는 것이 우선적인 관심이 되고 그것을 채워 주고자 하는 열망이 있을 때 고통을 인내해낼 수 있는 의지와 힘이 실린 사랑이 가능해진다. 어떠한 상황에서건 상대방을 위해 최상의 염원을 갖는 것이 사랑이다. 진심으로 사랑한다거나 사랑에 빠졌는가에 대한 자가진단은 그를 위해 기꺼이 섬기는 자가 되고 싶어지는가에 대한 답을 찾아보면 알 수 있다.

사랑을 제1계명으로 가르친 예수를 따르는 사람들을 섬기는 자 혹은 자발적인 신의 노예라고 지칭하는 것은 바로 이런 사랑의 본질 때문이다. 칼 융은 모든 여자와 남자들은 자기 자신 안에 자신만의 아담과 이브를 지니고 있다고 함으로써 저마다 사랑하는 사람에 대한 타입이 있음을 지적했다. 우리가 차를 몰고 어떤 장소에 가기 전에 지도를 참고하듯이 우리의 감정이 지나치는 길에도 지도가 있으며 이것이 러브 맵이다. 이것은 각자의 기질·선호도·편견·가정교육 등의 영향으로 형성된 자아와 영혼의 저울질에 의해 형성되는 것이다.

인간이 사랑이라는 이름으로 행동할 때 가장 위험하다고 한 리차드 니버의 말처럼 사랑이라는 이름하에 학대와 살인이 자행되어 왔다. 누구를 사랑한다고 고백하기 전에 자신의 사랑론부터 따져 보아야 할 것이다. 그대의 러브 맵은 그대의 영혼의 무게가 실려있는가. 그대의 사랑을 위하여 그대는 무엇을 포기할 수 있는가.

당신과 나 사이에

시대가 변화하면서 남자들이 행세하기 힘든 세상이 된 듯하다. 인류 역사상 처음으로 남녀를 동일시하는 세상이 되면서 남녀의 역할이 불분명해지고, 범세계적인 가부장제에서 보여지던 기득권이 부정되는 현실이다. 법적으로나 정치적이고 도덕적인 차원에 있어서의 남녀평등은 이론의 여지가 없으나 본질적이고 과학적인 측면에서는 남녀 사이에 차이가 분명히 있기 때문에 전에 없던 혼란과 혼동이 관계 속에 산재해 있다.

'당신과 나 사이에 저 바다가 없었다면 쓰라린 이별만은 없었을 것을……'이라고 시작되는 유행가는 또 다른 의미에서 절절한 인생의 단면이 담겨있다. '당신과 나 사이'의 바다는 바로 남녀의 근본적인 차이를 간과하는데서 오는 오해의 바다이다. 별거나 이혼 같은 결정적인 헤어짐이 아니어도 많은 부부들이 한지붕 두 가족으로 살아간다. 마음으로부터의 이혼이 감행되고 영혼의 교통이 단절된 상태는 모두 쓰라린 이별이 있는 삶이다.

아는 만큼 이해하고 모르는 만큼 오해한다는 말이 있다. 개개인의 차이 이전에 고려되어야만 하는 남녀간의 차이를 인정하지 않으면, 부대끼며 참고 견디는 것을 이해하는 것으로 착각할 것이고 오해는 어느덧 심해(深海)로 남게 될 것이다. 남녀의 차이는 바로 감정표현과 관점상의 차이에 있다.

보편적으로 남자가 그리는 이상적인 인간은 유능하고 지배적이며 과감하고 경쟁적이며 존경을 받는 인간이다. 따라서 위신을 지키는 것이 중요하고 권력 지향적이며 사물의 소유에 가치를 둔다. 여자는 매력적이고 관대하며 사랑이 있고 따뜻하며 교감이 통하는 인간을 이상형으로 친다. 남자에게는 인생에서 중요한 일이 권력과 성취 그리고 섹스인 반면, 여자에게는 만족스러운 관계, 생활의 안정, 그리고 사랑이라고 한다. 실수를 했을 때 여자는 이를 계기로 의사소통이나 유대관계 형성을 도모하기 때문에 실수를 인정하는 것이 별일이 아닌 반면, 남자에게 있어 자신의 실수 인정은 곧 지는 일이므로 그토록 어려운 일이 된다는 점이다. 또한 남자는 월척한 물고기의 크기 등 일에 대해 과장하는 반면, 여자는 느낌이나 감정을 과장한다는 차이가 있다.

남녀 사이의 일반적인 관점과 표현상의 차이를 고려하는 것만으로 벌써 아리송하던 상대방의 태도가 환하게 다가오지 않는가.

부부의 성(性)

남녀의 사랑이나 섹스는 동서고금을 막론하고 역사의 흥망을 따라 풍요하게 등장해온 주제다. 문화 속에 가장 농후하게 배어 있고 직접적으로나 간접적으로 가장 많이 다루어지고 표현되고 있는 주제는 성과 관련된 것들이다. 그 비중의 중대성은 영화나 소설 유행가 가사의 주제뿐 아니라 인터넷 사이트의 삼 분의 일이 섹스와 관련된 내용임을 통해서도 입증되고 있다. 이러한 현실에도 불구하고 성에 관해서는 공개적인 강의나 대화가 기피되고 금기시되어 온 것은 옛날이나 지금이나 별반 다름없는 현실이다. 반면에 상술이 부추긴 자극적인 노출과 비디오 테입이나 자서전적인 서적을 통한 비정상적인 사생활의 노출이 마치 개인의 자유를 행사하는 한 형태인 냥 행해지기도 한다.

자극적인 기사와 사진이 난무하는 사회에서 우리가 가진 성에 관한 이해는 더 이상 어떤 것이 정상이고 비정상인가 하는 기준마저 흔들리게 하고 있는 실정이다. 결혼한 부부끼리 상대를 교환하며 성관계를 가진다는 스와핑이나 소위 압구정동 풍속도라고 알려진 항간의 비어 (蜚語)들은 바로 이런 혼란된 성문화를 가리키고 있다. 성의 문제에 관한 한 극단적인 방종과 무조건적인 억압은 다같이 해롭고 불건강한 사회를 조성할 뿐 아니라 투사된 형태의 표현을 부추김으로써 자칫 퇴폐적인 풍속도를 산출시킬 위험이 있다.

상담을 하다보면 부부문제의 기저를 이루는 것이 성과 관련된 부부 간의 서로 다른 이해에서 비롯된 것임을 흔히 목격하게 된다. 특별한 관계를 맺고 사는 남녀 사이에서 이유가 불분명한 채 갖게 되는 서로에 대한 불만, 업신여김, 짜증, 의심 등의 출처가 성에 대한 이해의 차이와 태도에 있다고 한다면 놀라는 사람이 많을 것이다. 성에 대한 이해와 태도는 그 개인이 가진 자긍심, 자신감, 인격을 드러내는 창문과도 같아서 성문제는 단순히 성관계를 갖는 이상의 의미가 있다. 감정이 상하고 서로를 오해하게 되는 갖가지 부작용을 낳는 원인으로 성 문제를 언급하려고 하면 남편들은 거의 예외 없이 동의하는 데 반해, 아내들은 손사래까지 치며 그 문제는 절대 아니라고 부인하는 경우가 대부분이다. 당사자들이 섹스에 관한 한 문제가 없다고 믿는 이유는 일정하게 성관계를 갖는 한 문제가 없는 거라고 믿는 단순 논리에 있다.

식욕 다음으로 중요한 것이 성욕이라고 하는 말은 어쩌면 남자들에게만 해당되는 내용이다. 만족한 결혼생활의 첫 번째 조건으로 만족한 성생활을 꼽는 남자들이 알아야만 되는 남녀 사이의 차이점이 있다. 즉 여자들은 섹스보다는 감정적인 안정감과 서로의 애정을 확인할 수 있는 느낌을 더 중시한다. 또한 환경이나 여건이 불안정하거나 해결해야 할 문제가 불거진 상황에서는 대부분의 여자들이 성관계는 말로만 들어도 짜증스런 주제라고 여긴다. 성을 아는 여자들의 40~60퍼센트는 불감증을 경험하며 결혼한 여자들의 절반에 가까운 수가 성생활을 가급적 피하거나 견디어내야 할 의무사항으로 여기며 살고 있는 것이 현실이다. 비아그라의 사용으로 행복해하는 부부를 담은 광고는 십중팔구 남자들의 관점에 불과하며 현실성이 결여된 선전이라고 해도 과언이 아니다. 십여 년 간 상담을 해오면서 경험한 바로는 결혼생활과 관련된 상담을 원하는 아내들 중에서 성관계를 적극적으로 받아들이거나 원하는 사람은 불과 몇 퍼센트도 안 되었다는 점이다. 그 소수의 아내들마저도 적극적으로 임하는 성관계가 자신들이 원해서라기 보다는 남편의 바람기를 체크하거나 방지하고자 하는 차원이었다. 많은 아내들이 비아그라는 커녕 남편들의 정력을 떨어뜨리는 약을 찾고 싶어 한다면 충격 받는 남편들이 많을 것이다.

부부간에 성에 대한 대화나 음담패설이 자연스럽게 행해질 수 없는 사이라면 일단 성문제가 있다고 보아 무방하다. 부부간에 섹스와 관련해서 누가 더 고상하고 고차원적인가를 겨루고 따진다는 것 자체가 문제성이 있는 부부라는 것을 깨달을 필요가 있다. 성을 되도록 꺼리고 멀리하는 태도나 성에 대해 무관심하고 무지한 상태가 곧 고상한 사람이라는 생각은 심각한 오해이고 착각이다. 알것은 알아야 하고 이해할 것은 이해한 뒤 적절한 판단과 행동을 하는 것이 성인(成人)이다.

이유를 모르는 남편의 짜증과 울화가 만족스럽지 못한 성생활과 관련이 있다고 생각할 수 있는 아내들이 몇 명이나 있을까. 아내를 행복하게 해주는 것은 비아그라를 이용한 잠자리가 아니라 다정한 말 한 마디나 사려 깊은 행동임을 아는 남편이 얼마나 될까. 서로 간에 오해의 소지가 많은 부부의 성문제는 부부간의 불화만으로 끝나는 것이 아니고 나아가서는 가정문제, 자녀문제, 사회문제로 이어진다고 보아야 한다.

쿠울리지 효과(Coolidge Effect)

현대인의 문화는 섹스를 화두로 펼쳐지고 있다고 해도 과언이 아니다. 영화는 물론 가요무대에 소위 섹시한 스타들이 인기몰이를 하고 각종 물품판매의 상업용 포스터에 섹스어필하는 문구나 사진들이 삽입되어 있다. 섹스는 인류라는 종족을 생동하게 하기 위해서 필요한 것일 것이다. 굳이 성교를 통하지 않고도 종족 번식이 이루어지는 생물들이 더러 있기 때문에 성이 종족 번식만을 위한 것이라는 논리는 부적절하다.

섹스는 인간과 인간이 나눌 수 있는 가장 친밀한 유대의 형태이며 몸 전체를 통한 깊은 의사소통이기 때문이다. 성에 관한 한 여자는 이유가 있어야 하고, 남자는 장소만 있으면 된다는 말에서 보여지듯이 남녀의 신경생리학적인 차이는 성문제에 있어 가장 첨예하게 드러난다. 브래들리 대학의 데이빗 슈미트에 의하면 6대륙과 52개국 나라 및 12개 섬을 대상으로 한 범세계적인 한 연구에서 남녀의 성이 근본적으로 다르다는 것을 증명했다. 즉 여자는 좋은 섹스 파트너를 원하는 반면 남자는 되도록 많은 숫자의 파트너를 원한다는 점이다. 남자나 수컷 동물들이 많은 수의 파트너를 원하게 되는 것은 종의 전파를 위한 자연의 섭리와 연결된다고 보는 학설이 있을 정도다. 동일한 암컷과 한 번에 5회 이상의 교미가 불가한 수탉과 숫양은 3회, 남자도 보통은 5회 이상의 연속 상영은 어려운 것으로 조사되었다. 그러나 파트너가 달라지는 경우에는 상황이 다르다.

전언에 따르면 쿠울리지 대통령과 그의 부인이 중서부에 있던 닭 농장을 둘러보게 되었다. 한 마리의 수탉이 전체 닭을 성(性)적으로 활발하게 유지시키느냐는 쿠울리지 부인의 질문에 그렇다고 농장주가 대답하자 쿠울리지 부인은 그녀의 남편인 쿠울리지 대통령에게 이 점을 상기 시켜주기를 원했다. 이를 전해들은 쿠울리지 대통령은 즉각 그 수탉은 매번 다른 닭을 취한다는 사실을 자기 아내에게 일깨워주라고 응수했다고 한다. 이후로 되도록 다양한 파트너와 성관계를 맺고자 하는 수탉 효과를 쿠울리지 효과라고 부른다는 것이다. 인류학자들에 따르면 역사상 83%의 사회가 일부다처제의 체제를 보인 반면 일처다부제의 사회는 1%가 안 되었다고 한다. 일부일처제의 사회에서 결혼한 남자의 평균 80%가 외도를 경험한다고 나타나는 통계는 어쩌면 우연이 아닌지 모른다. 쿠울리지 효과는 사랑과 섹스를 별개로 보는 수컷 세계의 원리다.

연인(戀人)과 부부

하인리히 뵐의 『그리고 아무 말도 하지 않았다』에는 사랑을 나눌 장소가 없어서 헤매는 가난한 연인들이 나온다. 그들이 원하는 것은 호화로운 저택이나 전망 좋은 방이 아니었다. 안전하고 오붓하게 서로를 감싸 안을 수 있는 그들만의 방 하나면 족하였다. 젊은 날 연인들을 만나던 사람들은 물레방아 뒷전이나 들판의 고목나무, 산 속의 작은 움막이 가진 의미나 그 풍경이 주는 그리움을 이해할 것이다. 연인들은 한 여름의 무더위나 겨울 눈밭의 선득한 추위를 아랑곳하지 않고 만나는 시간을 조금이라도 연장하려 하고 남의 눈을 피해 한 치라도 다가가려 한다. 무엇이 더 귀한지를 아는 사람들은 부수적인 것들이나 사람들의 귓속말에 크게 마음 쓰지 않는다.

더위와 추위를 차단하는 에어컨과 히터가 온 집 안을 연중 쾌적하게 하고 값비싼 가구와 실내 디자이너의 도움으로 세련미 넘치게 장식된 저택에서 남매처럼 사는 부부들이 늘어간다는 통계가 있다. 아예 각 방을 쓰거나 침실을 공유하고 조석(朝夕)으로 대하면서도 소 닭 보듯이 살아가는 부부를 말함이다. 포옹 한 번 없이 지나가는 일상에 익숙해져서 그래도 '부부전선 이상 무'로 믿고 사는 부부들이다. 미국 문화에서는 사회에 만연된 이런 부부관계를 가르켜 DINS(double income no sex)라고 현상화시키기에 이르렀다. 섹스리스(sexless) 부부는 일 년 통산 열 번 미만의 성관계를 갖는 부부를 일컫는다. 남자는 사랑을 느낄 때 침대로 가고 싶어 한다는 말을 참고하지 않더라도 신체적으로 되도록 멀리하는 남녀간이 애정이 깊은 관계라고 믿기는 어려울 것이다.

사람이 스스로를 제왕(帝王)처럼 귀하고 왕녀(王女)처럼 품위 있고 보석처럼 값진 대상으로 느끼게 되는 것은, 가장 염두에 둔 사람으로부터 소중하게 받아들여진다고 믿겨질 때이다. 상대방으로부터 귀하게 여겨진다는 의미와 느낌은 남녀 간의 해석에 차이가 있다. 여자는 사랑받는다고 느낄 때 자신의 가치가 확인되고 행복을 느낀다. 여성에게는 애정표현이 만족한 결혼 생활을 위한 첫 번째 요소가 되는 이유가 바로 여기에 있다. 이에 비해 남자는 존경을 받을 때 만족해하며 성(性)적으로 만족된 생활을 하게 될 때 생활에 활기가 있게 된다. 성적으로 거부를 당하거나 나아가 비판이나 달가워하지 않는 태도를 접하게 되는 것은 남자에게 있어서는 즉 인격모독이며 존경받지 못함을 나타내는 증거로 받아들인다. 남녀가 서로에게 불만을 가졌을 때의 표현 형식은 항상 자신의 체면을 지키는 형태를 취한다. 그래서 선뜻 성문제를 거론하지 못한다. 불확실하고 미심쩍은 계약에는 보완책으로 각종 보증수표나 온갖 종류의 담보가 요구되듯이 자신 없는 자리에 있는 사람은 자신의 가치를 입증해 주는 증거나 저당물이 필요해진다. 능력을 재력으로 드러내거나 값비싼 장신구와 명품을 소장하고 저명인사들과 함께 하는 자리에 섞여야 하고 부자 동네의 호화로운 주택으로 드나들어야 한다. 증거는 많아야만 되는 것이기에 아무리 챙겨도 만족되기엔 그 밑이 너무 깊은 공동(空洞)일 터이다.

제2부 **사회와 인생**

교육의 목적 | 암세포와 조폭의 유사성 | 모방의 대상 | 리더쉽 | 영역의 중요성 | 편견과 차별 | 우리의 관점 | 도전과 응전 | 자본주의와 브랜드(Brand) | 말과 진실게임 | 바디 랭귀지(Body Language) | 의사전 달의 추이 | 영웅과 소시민 | 송년(送年) | 힘과 정의(正義) | 행사와 유대(紐帶) | 지구화 시대의 체면론 (體面論) | 질문하는 죄 | 좋은 사람 나쁜 사람 | 표정 관리 | 가장 영예로운 사람 | 도마뱀 꼬리 정서(情緖)

교육의 목적

사람의 지적 능력 발달에 대해 큰 공적을 남긴 피아제는 이미 반 세기 전에 집단적 의견과 일률적인 사고와 주장되는 표어 등을 인류가 처한 가장 큰 위험으로 지적하였다. 그런 위험을 피하고 사람의 능력 발달을 도모하기 위해 피아제가 제시한 교육의 두 가지 목표 중 첫째는 새로운 일을 할 수 있는 창조적인 인간을 만드는 것이고, 둘째는 비판하고 검증할 수 있는 마음을 갖게 하는 것이다.

온갖 문명의 이기와 초고속으로 전달되는 매스커뮤니케이션의 홍수 속에 사는 우리는 숨이 턱에 차도록 쫓아가도 늘 뒤처진 듯 좌불안석이다. 그래서 차라리 온갖 상업적이고 정치적인 슬로건, 백방의 전문가들이 주장하는 다양한 분야의 전문 이론들 가운데서 우리가 속한 그룹이 동의하고 지지하는 의견을 진열장의 상품을 고르듯 택하고 따른다. 인스턴트 식품을 먹듯 우리는 누군가가 인용한 셰익스피어의 글귀나 목사가 설교한 성경 구절, 영화의 배경음악으로 접하게 된 베토벤의 소나타 한 소절을 자신의 선택인 양 채집해 두었다가 재생시킨다. 그래서 셰익스피어의 책 한 권 읽지 않고도 누군가가 인용한 셰익스피어를 재인용하고, 성경을 한 번도 통독하지 않았어도 성경을 적용해서 남을 정죄할 만한 실력을 보이며, 고전음악을 귀 기울여 감상한 적이 없어도 곡명과 음악가를 맞추어가며 대화하는 데 거리낌이 없다. 오히려 혼자 읽어낸 고전이나 전문가의 의견없이 감상한 예술품에 대한 나름대로의 취향보다는, 전문가의 의견과 비평을 따름이 남들과 이야기할 때 더 자신감을 갖게 하지는 않는가. 시간을 들여 원문을 읽고 사고하고 소화하면서 영감을 얻는 과정없이 손쉽게 얻은 단편적인 지식들을 가지고는 새로운 생각을 할 수 없다.

이 사람 저 사람의 의견을 모아 자신의 생각을 짜맞추는 사람은 판단의 근거가 확실치 않은 까닭에 자신의 생각에 확신을 갖기 어렵다. 소신과 대안 없는 비판은 건설적일 수 없으며 검증은 더더욱 언감생심의 일이다. 이현령 비현령의 논리를 가진 많은 지도자들은 따지고 보면 잘못된 교육의 결과일 따름이다. 교육의 목적을 감안할 때 우리 아이들이 우리에게서 배우는 것은 몇 점짜리 교육일까.

암세포와 조폭의 유사성

미 의학 협회에 의하면, 매해 약 150만에 달하는 인구가 암 환자라는 진단을 받는다. 암에 약한 체질이 있긴 하지만 암은 유전되기보다는 살면서 걸리는 병으로 간주된다. 암세포는 세포 중 하나가 비정상적으로 번식하기 시작해서 마침내 집단을 구성한 뒤 정상세포와는 다른 활동을 개시할 때 악성종양이라는 진단을 받게 된다. 악성세포들은 단백질을 녹이는 파괴적인 효소를 생산하여 이웃한 세포들을 공략하고 혈관이나 임파선을 통해 몸의 곳곳으로 퍼져나가서 위성국을 건설한다. 암 세력이 커지면 호르몬까지 장악해서 비정상적인 호르몬과 화학성분을 생산케 함으로써 몸 전체의 기능을 망치게 한다.

조폭도 암세포처럼 변종의 집단이다. 자기들끼리는 상하질서는 물론 나름대로의 법을 만들어 놓고 절대 충성을 요구하고 위계질서에 따른 보상과 징계의 규칙을 엄수한다. 철통 같은 수비로 외부인의 출입을 봉쇄하는 배타적인 집단으로 외부인에 대해서는 질서나 예의는 물론 인간으로서의 최소한의 예의도 지키지 않는다. 수단과 방법을 가림없이 수시로 파괴적인 공격과 침해를 가한다. 따라서 암세포와 조폭의 유사성을 몇 가지로 대별하면 다음과 같다. 첫째, 그들은 정상에서 이탈한 돌연변이들이다. 둘째, 혼자서는 무력하나 끼리끼리 무리를 지어 군소 집단이 되면 수단 방법을 가리지 않고 남의 영역을 침범해 들어간다. 셋째, 자신이 속한 집단 외의 것은 존중할 필요를 느끼지 않으며 무차별로 짓밟고 나간다. 넷째, 가능한 한 넓고 멀리 세력을 떨쳐간다. 몸 안에서 악성종양이 발견되면 신속하고 적절한 치료를 통해 세포를 축소시키거나 도려내어 뿌리까지 근절시켜야 살아남을 수 있다.

사회내의 조폭도 암과 마찬가지로 조기 발견에 따른 멸절책이 요구된다. 조폭을 늘 그런 것이려니 간과하거나 이해관계상 방치하는 경우 사회 전체에 엄청난 파괴력을 조장시키는 결과를 가져온다. 암의 종류가 다양하듯 조폭의 종류와 계층도 다양하다. 비단 깡패 조직뿐 아니고 그룹의 이름으로 위의 특징을 보이는 집단은 모두 조폭의 유형이기 때문이다. 이름하여 학연 지연에 근거한 집단적 배타행위, 특권적 써클, 성에 근거한 차별 행위, 인종적 차별 등도 조폭의 유형이랄 수 있다. 암과 조폭의 근절은 우리 모두의 당면 과제다.

모방의 대상

치명적인 모욕적의 말로 후레자식이 있다. 이 세상에 아버지 없이 태어나는 자식은 없음에도 애비 없는 자식이란 의미의 욕이다. 아버지 없는 자식이란 신분과 가문을 중시하던 사회에서는 근본이 의심되거나, 제대로 가르침을 받지 못하고 자라 동서를 분간 못할 만큼 막된 인간이란 뜻이다. 아버지와 버젓이 한 집에서 살고 있는데 그런 욕을 듣는 경우라면 후자의 예이다. 어린이에게 가장 큰 영향을 미치는 대상은 가까이에서 대하는 어른들이고 그게 바로 부모다. 아이에게 전능한 신과 같은 대상이던 부모가 차츰 아이가 익혀가는 현실감각에 따라 그 실체가 드러나면서 아이는 자신이 닮고자 하는 위인, 즉 롤 모델(role model)을 찾게 된다.

아이들이 흔히 우상으로 삼는 연예인이나 운동선수 말고, 존재의 보다 깊은 의미와 인생의 목적을 발견하는 데 영향을 끼칠 만한 인물을 찾도록 도와주는 일은 부모나 교육자, 인생 선배의 책임이다. 유대교에서 가장 중시하는 것은 신에 대한 지식이 아니라 신을 모방하고 신과 유사하게 되고자 하는 의지이다. 히브리어의 할라카(Halakhah)는 정도, 즉 바른 길이라는 의미로 신과 같이 되기 위해 가는 길을 뜻한다. 또한 신에게서 배워야 할 가치로 생명·사랑·정의·자유·진실을 든다. 예수는 사람들이 올바르게 살고 신을 닮아가는 성화의 길로 사랑할 것을 명했다. 부처는 만물을 있는 그대로 볼 수 있을 만큼 깨인 사람들이 되라고 가르쳤다. 인간은 모방의 동물이며 사물의 정수를 모방하려는 의지의 소산이 바로 예술이라고 말해진다. 위인들의 전기를 읽거나 올바른 신앙 생활을 함으로써 모방의 대상을 갖는 것은 애나 어른 모두에게 중요하다.

인생의 정도를 찾고 닮고 싶은 대상의 발자취를 따라 가는 것은 인생이란 여정에 있어 필수적인 지도와 안내서를 갖추는 일이다. 얼마나 많은 어린이들이 본받을 구석이라고는 없는 부모 밑에서 잘못된 지침서를 갖고 생을 시작하는가 생각하면 아찔하도록 두려운 일이다. 후레자식 아닌 후레자식이 되어, 보고 들은 대로 행하기 마련인 반복 충동(repetition compulsion)에 의한 업의 고리가 계속되는 것을 막기 위해서는 올바른 모방의 대상이 필요하다. 그리고 우리는, 우리가 아끼는 사람들이 누구처럼 되기를 원하는가.

리더십

목소리 큰 놈이 이기는 세상, 우기고 발 뻗는 자가 자리를 차지하는 억지 논리, 당당한 식언(食言), 은근한 협박, 추상 같은 호령, 다소간의 뻔뻔함. 이런 것들이 우리 사회에 만연한 지도자들의 특질로 비춰지고 있다면 좀 심하다고 할지도 모른다. 단체의 장이나 책임자 외에 우리가 자문을 구할 수 있는 멘토(mentor)나 인격적인 지도자의 자질로 고려해야 할 것은 무엇일까.

전쟁이 끝난 직후 한 군인이 귀향하던 중에 마을 하나를 지나가게 되었다. 마침 그 마을에서 나오고 있던 다른 군인을 향해 마을에서 뭐라도 먹을 것을 구할 수 있더냐고 묻자 아니라고 고개를 가로 저으며 지나갔다. 그 군인은 그래도 실망치 않고 마을로 들어서는데 동네 입구에서 발부리에 걸어 채인 둥근 돌을 발견하고 무심코 그 돌을 배낭에 집어넣었다. 마을 사람들을 지나칠 때마다 그는 손을 반가이 흔들었지만 한결같이 냉담한 얼굴들뿐이었다. 지친 군인은 나무 아래서 잠시

오수를 취한 뒤 마을 사람들을 불러 모았다.

마을 사람 하나에게 먼저 물 한 주전자만 가져오면 아주 특별한 돌국을 끓여주겠다고 말하자 그가 흔쾌히 물을 길어왔다. 그 주전자에 배낭에 들었던 돌을 넣고 끓이면서 각 사람들에게 당근·양파·배추 등 뭐든 한 가지씩만 가져오면 더 특별한 맛을 낼 수 있겠다고 하자 모두들 어렵지 않게 한 가지씩을 가져왔고 이것들을 모두 넣고 끓이자 드디어 맛있는 국이 되었다.

결국 모여 있던 모든 사람들이 배불리 먹을 수 있었을 뿐 아니라 그 와중에 국에 대한 기대감과 다른 대화들이 섞이어 저절로 서로서로 호감을 보이는 좋은 분위기의 공동체가 되었다는 것이다.

리더는 공동체 안에 신뢰를 구축하고 업무를 촉진시키는 사람이다. 리더십은 깃발을 높이 들고 왜장치며 '나를 따르라'는 식의 동키호테나 나폴레옹과 같은 류도 있지만, 그보다는 각 사람이 가진 자질과 개성을 파악하여 그들이 가진 재주를 기꺼운 마음으로 적절하게 발휘하도록 인도하는 자질이며 공동의 비전을 세우고 함께 나아가게 하는 자질이다.

부드럽고 설득력 있는 사람일수록 자신있고 강한 지도력을 갖고 있다. 바로 외유내강의 덕목이다.

영역의 중요성

모든 동물이 자신의 영토에 대해 본능적이고 근절될 수 없는 근성을 보인다고 알려져 있다. 사자굴에 빠졌을 때 사자에게 갈갈이 찢기는 이유는 무엇보다도 그의 영역을 침범했기 때문이다. 처신함에 있어서 상대방의 영역 침해를 안 하는 것은 예의의 기본이다. 그렇지 않을 경우 사생활 침해, 외람된 처사를 자행하는 야만인으로 치부될 뿐이다. 사람 사이에서의 영역의 의미는 문화마다 현격한 차이를 보이는데 함께 북적거리는 것이 다정함과 친밀함의 표현이기도 한 우리나라나 일본의 전통에는 "사생활"이라는 말이 부재했었다. 한 번 옷깃만 스쳐도 인연이라는 불교적 이해가 종교와는 상관없이 자연스레 이해될 만큼 우리는 공간적으로 가까운 것에 다른 까탈 부림 없이 긍정적인 의미를 부여했다. 영국에서는 신체적으로 갖는 관계보다는 사회적 위치로 사람 사이의 거리를 따진다고 한다. 설사 하룻밤 만리장성을 쌓은 사이라고 해도 사회적으로 연관이 없는 경우에는 서로 면식이 없는 사람으로 처우한다는 것이다.

개인주의가 바탕을 이루는 미국 문화에서는 매사에 있어 경계의 의미인 바운더리(boundary)가 고려된다. 말·행동·사고·친교 등 매사에 있어 선을 긋고, 그래서 좋은 사이의 인간관계에서조차 공사가 섞이는 법이 드물다. 미 문화인류학자 홀의 의견에 따르면, 안전성을 고려한 물리적 거리는 대략 네 가지가 있다. 첫째는 공중적인 거리로 모르는 사람끼리 편안히 서로 눈을 보고 얘기할 수 있는 거리는 3미터 이상, 즉 대여섯 발자국을 사이에 둔 거리다. 둘째는 사무적 거리로 보통 아는 사람끼리는 1.5~3미터, 적어도 양팔 길이 이상 사이를 둘 때 자연스럽고 편안하다는 것이다. 세 번째는 개인적 거리로 0.5~1.5미터로 팔 하나 정도의 사이를 말한다. 마지막으로 친밀 거리는 0.5미터 이내로 서로 신체 접촉이 가능한 거리다. 가깝지 않은 사람이 친밀한 사람 간의 거리로 들어오면 바로 영역 침해가 되는 것으로 당황하고 불편한 분위기를 연출하게 된다. 다른 사람에게 불쾌감을 주지 않고 상식 있고 편안한 사람이 되기 위해서는 언행에 있어 상대방의 물리적 영역뿐만 아니라 정신적 영역을 존중할 필요가 있다.

편견과 차별

아시아 사람들을 차별했다고 볼만한 근거가 없다고 한 모란(Moran) 판사의 판결은 여성과 소수민의 사업 장려책(M/WBE Programs)에 찬물을 끼얹는 사례를 만들었다. 모란 판사의 판결을 지지한 데일리 시장도 미 의회에서 가끔씩 불거져 나오곤 하던 소수계 장려책(Affirmative Action)의 철폐를 지지하고 있는 셈이다. 엄연히 소수민을 위한 법이 있는데도 아시아인은 이 법을 누릴 권한이 없다고 하는 해석을 어떻게 이해할 것인가.

편견은 특정한 집단이나 사회의 구성원을 향해 가지는 부정적인 내적 태도를 가리킨다. 편견의 결과가 행동으로 나타나면 차별이다. 60년대 흑백의 인종 차별에 근거해서 본격적으로 시작된 인권 운동의 결과로 눈에 보이는 차별은 사라졌다. 인종 차별적 언사는 지탄의 대상이고 법적 처벌이 적용되는 사회가 된지라 자신의 불이익을 피하기 위해서라도 사람들은 노골적인 차별은 삼가하게 되었다. 하지만 차별이

줄어들었다고 해서 마음속에 들어있는 편견까지 줄어든 것으로 볼 수는 없는 일이다. 사람의 생각과 태도는 자각과 함께 적절한 정보 수용과 교육을 통해서야 변화가 있게 된다.

편견은 지식의 결여 내지 마음에 관련된 사항이다. 편견을 품고 있는 상태에서 행동은 다르게 하고 살아야하는 형편에 있게 되면 오히려 없던 적개심마저 나올 수 있다. 그 결과 고도로 개발된 교묘하고 미묘한 차별 행위가 손에 쥔 물처럼 새어나오게 된다. 억제된 편견에 의해 차별이 은근히 꾸준하게 행해지는 상황에서 우리가 경계해야 할 것은 같은 집단 내부에서 부추겨지는 개인의 생존 의식이다. 차별 자체를 외면하면서 차별을 행사하는 집단이나 사람들로부터 얻어지는 광영을 얻기 위해 동족을 배반하는 인물들의 출현을 경계해야 한다. 기회적으로 주류에 합류한 뒤 개구리 올챙이적 시절 몰라라 하는 잘난 사람들을 향해 질타보다는 선망을 드러내는 분위기가 조성되는 것을 막아야 한다. 동족끼리의 불신, 이간, 질시와 중상 모략의 분열상은 기득권과 편견을 가진 사람들로 하여금 손도 안대고 코 푸는 식으로 성공적인 차별을 가능하게 한다. 소수 인종인 우리는 당장 코끝의 이익 때문에 동족을 저버리고 인류를 해치는 일이 없도록 근신할 줄 알아야 한다.

우리의 관점

　마이너리그와 메이저리그에서 각각 활약상을 보이는 한국인 선수들이 미국에 사는 한인들의 신바람을 일으키는 것을 보며 이의용 씨가 그의 책에서 지적한 야구에 대한 각국의 명칭이 떠올랐다. 우리는 일본인을 따라 야구라고 쓰는데 그건 다 알다시피 '마당과 공'의 의미다. 중국에서는 이를 '방망이와 공'의 봉구, 미국에서는 '베이스와 공'에 중점을 두어 베이스 볼이라고 한다는 지적이었다. 같은 경기를 두고 나라마다 중점을 두는 점이 다른 것은 명칭에 확연히 나타나 있다. 사물을 어떻게 보느냐는 개인차에 앞서 사회·문화·시대에 따라 현저한 차이가 있다.

　어릴 때 나의 아킬레스건은 노랑머리였다. 그때만 해도 삼단 같은 흑발을 선호하던 때여서 평소에 어지간한 말에는 태연하던 나는 노락쟁이라는 말만 들으면 치열하게 대응하는 과민반응을 보였었다. 세상만사 상전벽해라고 새까만 머리보다는 갈색머리 또는 노랑머리를 흉내

내는 세상이 되어도 아직껏 염색 한 번 한 적 없어도 여전히 '노랑쟁이'인 내 머리는 이제는 미용사도 감탄하는 바람직한 머리 색깔로 쳐지고 있다.

미국인 친구 하나는 얼굴이 온통 점박이인데 어느 날 피부 이야기 끝에 레이저로 감쪽같이 점 빼는 비방을 얘기했더니 왜 점을 빼느냐고 깜짝 놀라는 것이었다. 그녀의 말인즉 그녀 얼굴의 수많은 점이 그녀를 그녀답게 해주는 특징으로써 자기 남자 친구도 그 점을 매력으로 안다는 것이었다. 그녀와의 대화는 그때 나에게 하나의 충격으로 다가왔었다. 너무도 당연하게 티 없이 깨끗한 얼굴을 무조건 선호하는 것에 대해 왜 그래야 하는지 생각조차 해본 적이 없었다는 깨달음이 왔다. 그것은 다른 사람들에 의해 주입되고 나는 그에 세뇌된 것이었다. 얼마나 많은 우리의 관점과 우리의 판단이 반영되어 형성된 결과인가. 미국에 살면서 누리는 혜택 가운데 하나가 바로 다양한 문화에 접하게 됨으로써 우리 관점의 추이에 보다 융통성 있고 열린 태도를 가질 수 있다는 점이다. 그야말로 우리의 이해와 선택에 따라 개성을 추구할 수 있는 여건이 갖추어져 있음이다.

도전과 응전

도전과 응전은 역사학자 토인비가 지적한 문명 발전의 법칙이다. 개인사에 있어서도 뜻밖의 재난이나 고행, 실패로 말미암아 인생의 획기적인 전환점을 갖거나 도약적인 발전을 하게된 많은 사람들의 성공담이 있다. 사람은 누구나 어느 정도의 기신증(忌新症)을 갖고 있어서 새롭게 직면하게 되는 상황이나 생소한 것을 기피하고 되도록 익숙한 상황에 머물기를 원한다. 잘못된 관계인지 알면서도 절연하지 못하는 인간 관계나 나쁜 습관인 줄 알면서도 끊지 못하고 지속하는 많은 것들이, 익숙해진 것에 연연하면서 과감하게 새로운 것을 시도하지 못하는 성향과 맞물려 있다.

어떤 부자가 애리조나에 광대한 목장을 산 뒤 가까운 친지들을 초대해서 둘러보게 했다. 1,500에이커가 넘는 그 목장은 산과 강을 포함한 목초지로 장관을 이루었고 그의 집의 경관도 절경이었으며 집 뒤에는 흔히 볼 수 없는 커다란 수영장이 있었다. 그 부자는 자기가 가장 귀하게 여기는 미덕은 용기이며 바로 그 용기가 자신을 억만장자로 만들었다고 말하면서 악어가 득실거리는 수영장을 보여주었다. 그는 만약 누구든 용감하게 악어 사이를 헤엄쳐서 그 수영장을 가로질러 간다면 그의 목장, 집, 돈 중 어느 것이든 원하는 것을 주겠다고 약속했다. 듣는 사람 모두 부자의 건의를 실없는 농담으로 듣고 한바탕 웃으면서 점심이 차려진 집안으로 들어가려는 순간 첨벙하는 소리가 들렸다. 사람들이 놀라서 바라본 수영장 안에 한 사람이 필사적으로 악어를 피하면서 헤엄쳐가고 있었다. 숨막히게 하는 사투의 시간이 흐르고 그는 수영장을 가로질러 가는 데 성공했다. 부자가 그의 용기를 칭찬하면서 약속을 지키겠다며 무엇을 원하느냐고 물었다. 아직도 숨이 차 있던 그의 대답은 무엇보다도 도대체 어떤 놈이 자기 등을 떠밀었는가 하는 물음이었다.

누구나 한번쯤은 삶 가운데서 자신의 의도와는 상관없는 힘에 밀려서 엉뚱한 상황에 처하게 된 경험을 했을 것이다. 등 떠민 손이 운명일 수도 악한 의도를 가진 경쟁자일 수도 있겠으나, 낭패스럽고 억울하고 절망스러울 수 있는 상황을 새옹지마로 여길 수 있는 사람은 도전에 응전을 해낼 수 있는 사람이다. 혼자서는 차마 생각조차 못했을 일을 어쩔 수 없어서 하게 된 결과가 멋지고 훌륭할 수 있다면 인생은 얼마나 흥미롭고 절묘한 코스를 동반한 여정이겠는가.

자본주의와 브랜드(Brand)

인간의 생존을 위한 최소 조건은 의식주다. 18세기 산업혁명 전의 사람들은 삶의 만족도를 재는 기준이 비교적 단순했다. 산업혁명과 함께 나타난 자본주의는 사업상의 이윤을 위해 더 많은 생산품을 추구하는 경제에만 국한된 것이 아니다. 자본주의와 동반된 이상주의는 무엇을 소유하느냐와 어떤 사람인가 사이에 함수관계를 성립시켰다. 19세기 초부터 브랜드 상표가 존재해 왔는데 별다른 의미가 없다가 생산업자들이 차츰 자신들의 상품을 충성스럽게 사게 하기 위한 방법으로 브랜드를 부각시키는 노력을 하면서 일반화되었다.

1차 세계대전 직후 자동차왕 헨리는 품질에 중점을 두고 값이 싸면서 잘 달리고 수리가 쉽고 오래 탈 수 있는 차를 선전했다. 몇 년 후인 1923년 제네럴 모토의 회장이던 알프레드 슬로안(Alfred P. Sloan)은 상품 선전을 위해서는 질에 대한 선전만이 아니고 뭔가 획기적인 면이 부각되어야 한다고 느꼈다. 따라서 물건은 새로운 것일수록 좋고 무엇을 소유하고 있는가가 바로 어떤 사람인가를 말해 주며 계층을 정하는 기준이 된다고 설득하였다. 자동차 회사간의 경쟁으로 자동차는 교통수단의 수준을 넘어 그것을 소유한 이의 능력 즉, 힘·성적 능력·자유로움 및 사회적 지위를 드러내는 상징으로 자리를 잡았다. 자본주의의 발달로 사람이 획일화되었다. 자본주의의 개념은 사람에게는 순전히 생물학적인 욕구가 존재하며 이것이 동기가 되어 출세의 사닥다리를 타고 오른다는 것이다. 더 많이 가질수록 더 나은 사람이라고 믿는 한 아무리 많이 가진들 좀체로 만족하기 어려운 일이다. 자본주의 사회의 사람들은 자신의 정체성을 자신의 소비 성향과 상품가를 통해 구하는 탓에 밑 빠진 독에 물붓기 식으로 끝없는 필요에 시달리면서 풍요 속의 빈곤에 찌들어 있다. 인류 역사상 그 어느 때보다도 풍족하고 편리한 세상에 살면서도 사람들은 그 어느 시대 못지않게 피곤하고 불만스럽고 자신감이 결여된 생을 살고 있다. 사물의 본질적인 가치를 등한시한 채 상대성에만 좌우되는 불안한 삶의 주인공들이다.

일찍이 존 스튜어트 밀은 참된 자유는 개인의 선택의 자유에 있다고 했다. 자유로운 선택은 다른 사람의 필요에서 나온 아이디어를 덩달아 쫓아가거나 다른 사람의 선택에 대해 왈가왈부하지 않고 소신껏 자신에게 유익한 선택을 하는 일이다.

말과 진실게임

유명 인사들의 사생활은 어떤 오락프로 못지않게 사람들의 호기심과 구미를 돋구어서 많은 잡지들의 수입원이 된다. 이름이 알려진 사람들은 간혹 자발적인 사생활 공개로 매스컴을 타고 큰 수입을 올리는 동시에 개인적인 감정을 푸는 채널로 이를 이용하기도 한다. 개인의 사생활 공개는 여러 사람이 연루될 수밖에 없으므로 더 이상 그 개인의 사생활 문제일 수 없다. 그로 인한 파장과 해를 헤아릴 새도 없이 과연 얼마 만큼이 사실이냐 아니냐를 두고 흥분하는 대부분의 사람들은 진실과 거짓이라는 명제에만 사로잡힌 이들이다. 그것이 왜 하필 그때에 폭로되고 있는가는 상관치 않고 그것이 진실이라면 받아들여야 한다는 논조는 자칫 사회의 풍토를 혼란시킬 수 있다.

섬머셋 모옴은 말하는 사람의 편의에 따라 폭로된 잔혹한 진실과 그에 따른 무참한 결과를 잘 표현해 놓고 있다. 모옴의 글에 나타난 여자는 30여 년이 지난 후에야 남편이 그토록 사랑하는 아들이 사실은 자신이 바람을 피웠을 때 임신한 아이였음을 남편에게 고백한다. 며칠 안가 그 남편은 고통으로 자살하게 되는데, 그 여자는 주위 사람들에게 남편이 사고로 사망했다고 알리면서 자신이 남편이 죽기 전 진실을 말할 수 있었음이 얼마나 감사한지 모른다고, 그렇지 않았다면 평생 마음에 평화가 없었을 거라고 말한다. 그녀는 소위 진실을 원하는 만큼 묻어 두었다가 자기가 내키는 때에 고백함으로써 영문도 모르고 살아온 사람을 철저히 파괴하고 있다.

상황과 사태를 불문하고 진실을 위한 진실을 말함으로써 자기의 도덕적인 우월심을 충족시키거나 자신의 짐을 덜기 위해 다른 사람을 고통으로 몰아넣는 사람은 새디스트(sadist)의 한 유형이다. 정의와는 무관한 해묵은 진실을 나중에야 밝혀서 주변에 두루 끼칠 공덕이 무엇이겠는가. 진실은 자신의 손익을 계산해서 묵히거나 파헤치는 게임의 대상이 아니다. 또한 말의 진실과 거짓을 따지기에 앞서 인간으로서의 기본적인 예의가 갖추어졌는지를 먼저 분별할 일이다.

그래함 그린은 그의 소설에서, 인간관계 속에서는 불필요하고 처절한 수많은 진실보다는 친절과 거짓이 가치 있다 말하고 있다. 진실이라고 해서 꼭 시도 때도 없이 만방에 밝혀져야만 되는 것은 아니다.

바디 랭귀지(Body Language)

우리의 표정이나 몸짓은 우리의 감정이나 생각을 표현하는 또 다른 의사 소통 수단이다. 진화론을 창시한 다윈은 얼굴 표정을 통한 감정 표시가 문화적 차이와 관계없이 범세계적인 것도 진화론의 근거라고 믿었다. 울고 웃고 상을 찡그리는 것은 물론 놀라움이나 공포심은 공통적으로 표현되고 또 누구나 같은 의미로 그 표정을 읽게 된다. 언어가 통하지 않는 사람끼리 서로 이해가 가능하고 때론 사랑에 빠지기도 하는 것은 표정과 몸짓을 포함하는 신체로 표현되는 언어가 있기 때문이다. 의사 전달 효과에 있어 우리가 전적으로 의지하는 말 자체는 불과 7~8 %의 효과밖에 없으며 음성은 37%, 눈의 표정이 55%라고 한다. 특별한 순간에 있어 상대방의 눈동자를 기억하는 많은 시와 노래가 있음은 결코 우연이 아니다. 눈의 변화가 중요한 이유는 또 있다. 그것은 바로 즐거움을 느낄 때나 기쁨으로 흥분될 때 순간적으로 우리의 눈동자가 확대된다는 점이다. 자신의 표정이나 몸짓 관리는 적절한 지식과 자각이 없으면 간과되고 홀대되는 대목이다.

　다른 사람들이 자신을 자기가 기대하지 않은 방향으로 생각하고 판단하는 경우가 많다고 의아해 하는 사람들을 많이 보게 된다. 여러 가능한 이유 가운데 의심되는 한 가지가 바로 본인은 의식하지 못하는 가운데 쓰고 있는 언어, 즉 그의 바디 랭귀지이다. 확신을 주어야 할 때 입을 가리고 말을 하는 버릇이 있거나, 권위를 갖고 설득력 있게 말할 자리에서 어깨를 움츠리고 목 안의 말을 한다거나, 안부를 묻고 관심어린 말을 하고 있으면서 눈은 사방을 두리번거리고 있다면 듣는 이의 판단은 말해지는 내용과는 사뭇 다를 수밖에 없을 것이다. 많은 사람들을 매혹시키는 사람은 미남미녀이기 앞서 세련된 바디 랭귀지를 지니고 있다. 다른 이와 쉽게 어울릴 듯한 친근함을 보이는 것 외에, 앉고 서는 자세나 걸음걸이, 그 밖의 몸 동작에 자신감이 배어 있고, 상대방에게 관심 있는 눈빛을 지니며 경계심을 일으키지 않을 만큼 충분히 다가가는 센스가 있고, 타인에게 관심과 호의를 갖고 있다는 인상을 주는 바디 랭귀지의 소유자들이다. 효과적인 의사 전달은 말로만이 아니고 몸 전체가 동원되는 비즈니스인 셈이다.

의사전달의 추이

　노트북(휴대용 컴퓨터)이 있는데도 늘 종이에 끄적여서 글의 초안을 잡는 나는 아직도 고급 만년필이 있는 상점의 진열장을 선뜻 지나치지 못한다. 마음대로 쓰고 지우고 손가락 한 번 까딱이면 순간에 수천 리 밖의 상대방에게 전달되는 이메일과 핸드폰을 통해 무시(無時)로 문자 메세지를 교환하는 시대에 살면서 아직도 간직하고 있는 만년필에 대한 선망은 오래된 습관 같은 것이다.

　아직 문자가 없던 시절 인류는 구술된 내용을 간직하기 위한 고도의 기억력을 발전시켰다. 그리스의 구전문화는 운율과 리듬이 있는 시와 산문체의 전설이나 무용담·격언·합창 등을 통해 풍부한 상상력의 전통을 남겼다. 기원전 3300년경 수메르 인에 의해 상형문자가 발명되고 이집트에서는 기원전 1350년경 책이 쓰여졌다. 문자의 발명으로 사람들의 사고 유형에 변화가 생기고 법률과 계약, 진리에 대한 개념이 생겨났다고 본다. 글을 쓰는 것은 말과는 달리 독자적인 행위여서 자기

반성과 분석의 기회가 주어짐에 따라 사고에 정확성이 더해졌다. 로마에서는 131년부터 신문이 발행되었고 2세기부터 책이 판매되었다고 전해진다. 1234년 우리나라에서 발명된 금속활자는 서양보다 200년이나 앞선 것이었다. 1844년 모오스의 전보가 발명되면서 국지적인 뉴스거리들이 확산되기에 이르렀다. 1876년 전화의 발명으로 의사 소통이 가속화되었고 1906년에 나온 라디오에 이어, 1923년에는 그림상자인 TV가 미국에서 선을 보였다. 이어 4년 후에는 유성 영화가 나오고 1935년의 FM 라디오에 이어, 1946년 전자 컴퓨터가 등장하였다.

시공간의 거리가 더 이상 의사 전달상의 변명거리를 제공하지 못하게 됨에 따라 의사 소통은 오직 사람 사이의 이해와 오해, 표현상의 문제로 남는 시대가 도래하였다. 파지를 내가며 편지를 쓰고, 우체부를 기다리던 낭만이 사라진 시대에 살면서 누군가의 체취가 어린 필적에 연연해 함은 한때의 기억을 향한 향수나 기다림과 더불어 익어가던 그리움에 대한 미련 탓인지 모른다. 딱 한 번 지인을 위해 사본 몽블랑 펜이 무덤덤하게 받아들여지는 것을 본 후 소중한 것을 버린 것 같던 허무함이 남았던 기억이 있다. 만년필을 새로 장만하면 또박또박 정서한 사연을 띄우고픈 데가 떠오를까. 수신인은 전화나 이메일로 답장을 보낼 올지 모르고 그러면 또 오래도록 속이 썰렁해지겠지만.

영웅과 소시민

영웅담은 시대를 막론하고 사람들의 마음을 사로잡는다. 신출귀몰의 수퍼맨이나 야성의 타잔 심지어는 조직 폭력배의 무용담이 사람들의 마음을 흔드는 진정한 이유는 어디에 있을까. 일리어드와 오딧세이나 삼국지에 나오는 동·서양의 영웅호걸들은 대략 세 가지 타입으로 구분할 수 있다. 첫째는 충동적이고 호전적이며 어린애같이 단순하나 도량이 큰 무인형(武人形)이다. 팔 구척의 장신에도 불구하고 관우, 장비 같은 무인형의 영웅은 성마르고 매사에 거침없고 예의가 없는 반면 솔직담백하다. 그들은 힘이 뛰어난 천하무적형이다. 둘째는 지적이고 수사웅변에 능하며 느긋하여 평정을 잃지 않는 학자형이다. 다른 사람을 꿰뚫어 보고 자연적이고 초자연적인 힘을 관망하며 자신의 성정을 절제하는 태연자약한 호인형이다. 셋째는 학자나 무인을 등용해서 자신의 운명을 거는 왕자형이다. 이들은 천명을 받은 사람들로 사람을 정확히 보는 눈을 가지고 있다. 이러한 영웅들의 공통점은 보답을 바라지 않으며 위험을 무릅쓰고 다른 사람을 돕는 친절과 자비, 탁월한 책임의식을 보여준다. 모든 것을 걸고 뜻을 관철하며 높은 이상을 위해서 자신의 희생을 기꺼이 감수한다.

이와 달리, 보통 사람들은 소소한 이해관계에도 수은주처럼 민감하다. 자의식이 강해서 방어 태세를 갖추고 유사시를 위해 뒷문을 파악해두고 산다. 가만 있으면 중간은 간다는 처세술을 금언삼아 색깔 없는 중도를 취함으로써 신변 안전을 꾀한다. 사람을 두려워하는 자들은 신을 두려워하지 않으며, 신을 두려워하면 사람을 두려워하지 않는다는 말이 있듯이, 정직하지 않은 사람일수록 일거수 일투족에 신중을 기하므로 실수가 적다. 조폭의 무용담은 비록 이기적인 집단 이익 때문일지라도 의리에 죽고 사는 조직책, 충동적인 자비, 깍듯한 상하 구별로 일반인들로 하여금 영웅세계를 방불케 하는 동시에 그들의 도덕적 우월감을 충족시키는 효과가 있어 인기를 얻는다. 영웅들이 가진 초월적인 경지와 탁월함을 선망하는 소시민들은 영웅 부재의 시대에 살면서 영화 속의 영웅이나 조폭을 통해서라도 대리만족을 경험하고 싶어 한다. 그러다 한 번씩 영웅 의식에서 나온 객기 탓에 조폭의 똘마니 내지는 유치 자작한 행태로 스타일을 구기기도 하는 게 소시민이다.

송년(送年)

강물처럼 유유히 흘러가는 세월의 중턱에 깃대를 꽂고 선을 그어 마
감과 시작을 되풀이하는 공공연한 의식을 해온 것은 인류의 전통이다.
새로운 다짐과 행여나 하는 운수와의 노름까지 계산하여 가문 날 아까
운 물 막음 하듯 가두어 놓았던 한 해 동안의 시간이 보이지 않는 틈새
로 소리없이 새어나가는 물처럼 맨바닥을 드러내놓고 있는 즈음이다.
떠나가는 것을 보는 것은 언제나 많은 감상을 불러온다. 또한 그것이
영이별인 것을 생각하게 되면 서둘러 주변을 돌아보며 우리에게 아직
남아있는 것이 무언인지 가늠해 보아야 할 것 같은 절실한 상실감과
부끄러울만치 적나라하게 드러나 오는 우리의 처한 현실에 새삼 당혹
감을 느껴야 한다. 그래서 우리는 단숨에 송구영신을 토하며 서둘러
내가 낀 듯 석연치 않은 기분을 떨쳐내고자 한다.

막연한 두려움이나 상실감, 아픔이나 슬픔 등과 대면하기를 꺼리는
우리의 고질병은 한 해를 마감해야 할 때 집단적인 의식으로 표면화

된다. 더 많은 양의 술과 담배와 음식이 소모되고 한순간에 웃음과 눈물이 헤프게 섞이어 나오는 감정적 방류가 행해지기도 한다. 각자의 아픔을 안고 살아가면서 또 누군가를 아프게한 한 해를 회한하기도 하고 각자의 사랑으로 살아가면서 관계 속에서 얼크러진 한 해를 추억하기도 한다. 옷을 겹겹이 껴입고 서 있을 때처럼 무거운 어깨로 서서 길게 늘어진 자신의 해 그림자를 새삼 응시하게 하는 한 해의 끝 달 하순, 아무리 옷을 껴입어도 그 안에는 여린 살갗의 감출 수 없이 초라한 알몸이 남듯 어떤 관계를 맺고 살아도 우리는 어쩔 수 없이 외로운 혼자임을 확인한다. 한 해를 살아오면서 스스로 만든 허구와 바램, 상처와 변명의 얼굴들을 맞대면하고 경우지게 매듭지어 떠나보내는 의식을 가질 수 있다면 한층 정리되고 여유 있는 품새로 맞게 되는 새해를 기대할 수 있을 것이다. 외로운 알몸들이 만나는 것이 사랑이기에 형식없이 수수한 나신으로 서서 초라한 서로를 감싸 안을 수 있는 연민과 이해의 장을 위해 우리는 다시 봇도랑을 치며 가슴 깊숙이 적시게할 새해의 봇물을 채우기에 힘쓸 것이다. 칼릴 지브란의 시구처럼 '어제는 오늘의 기억이며 내일은 오늘의 꿈'이기에 '과거는 추억으로 미래는 동경'으로 얼싸안는 오늘을 살아야 하는 것이리라.

힘과 정의(正義)

세상을 살아 가다보면, "아닌 밤중에 홍두깨" 격으로 어구낭창한 시비에 휘말려 들거나 피해 갈 수 없는 사태를 당한다. 이때 흔히 보여지는 반응에는 세 가지 유형이 있다. 첫째, 당장에 혈기를 내어 푯대를 높이 들고 상대방의 멱살이라도 잡을 기세로 고래고래 아우성을 치며 원색전(戰)을 펼치는 유형이다. 둘째, 선은 이렇고 후는 저렇다며 조목조목 따지고 드는 형이다. 셋째, 숨소리도 없이 요지부동인 듯 싶으나 발 빠르게 이리 뛰고 저리 뛰며 주변 사람들을 속닥여서 여차하면 패거리를 통한 여론화를 꾀하는 유형이다. 미국에 사는 한국인들을 두고 동양의 아이리쉬(Irish)라는 별명이 붙여졌다는 것은 꽤 알려진 내용이다. 아이리쉬 기질은 걸핏하면 성질 버르르 내고 열 받는 성향을 뜻한다.

억울한 일 탓이든 민족성 탓이든 어떠한 경우에도 이유를 불문코 침착성을 잃고 감정에 좌우되는 것은 유치하고 비성숙하게 비춰질 뿐이다. 이에 비해 경우를 내세우고 고증과 검증을 거쳐 논리정연한 반박과 주장으로 일을 해결하려는 것은 정의를 추구하는 태세다. 정의는 지켜져야 하는 것이며 누구에게나 지지를 받아 마땅하다고 믿는 것은 불행히도 힘의 논리를 제쳐 두었을 때의 일이어서 탁상공론으로 그치기 십상이다. 인간이 어떻게 살 것인가 하는 문제와 실제로 인간이 어떻게 살고 있는가 하는 문제 사이에는 매우 큰 차이가 있다. 인간 사회가 돌아가는 실제적인 양상을 도외시하고 원칙만을 고집하는 것은 달걀로 바위 치는 격이랄 수 있다.

마키아벨리는 그의 군주론에서 권력자들 사이에서는 오직 힘에 의해서만 신의가 지켜지며 결과만 좋으면 수단은 언제나 정당화된다고 썼다. 마키아벨리까지 들추지 않아도 웬만한 사람이면 사람들과 짝하고 또 농락하는 권모술수는 물밑에서 이루어지며, 작고 약한 위치에 있는 자가 목적 달성을 위해 흔히 취하는 효과적인 술책임을 안다. 옛말에도 곳간에서 인심난다고 했다. 인간이 단순히 눈에 보이는 이해관계에 따라 좌우되듯이 국가 간에도 자국의 이익에 따른 우호 관계가 있을 뿐이다. 독도가 쟁점이 되어있는 시국에서 우리는 침착하고 냉정하게 우리와 일본의 반응상의 차이와 작전을 재고해야 한다. 마키아벨리의 충고가 새삼 각별한 의미로 다가오지 않는가.

행사와 유대(紐帶)

우리는 해마다 돌아오는 날들을 기념하는 의식을 가진다. 사적으로는 생일을 비롯해서 결혼기념일, 제사 등이 있고 사회적으로는 각종 휴일을 통한 추모 및 경축의식이 있으며 그 밖에 여러 절기가 국가적이거나 민족적인 차원으로 지켜진다. 절기와 함께 지켜지는 의식(儀式)은 사람들로 하여금 공동체로서의 유대감과 참여의식을 갖게 한다. 추모회나 기념제전을 통해 개인이나 집단이 공동의 비극을 극복하고 유대를 강화해온 것은 고대 사회로부터 전승된 인류의 유산이다.

공유하는 의식이나 의례는 특히 어려운 상황에 처했을 때 그 집단이 가진 정체성을 확인하고 결속시키게 하는 명분을 되새기게 해준다. 의식과 의례는 그 집단의 통합과 유대감의 강화뿐 아니라 장차의 어려움이나 예견되는 시련에 미리 대응하게 하는 순발력과 힘을 기르게 하는 토대이기도 하다. 나라도 특정한 문화도 없이 풀씨처럼 세계 도처에 흩어져 수천 년을 살아 나온 유태인이 그들의 정체성을 간직하고 있던 토대는 그들이 지키는 의식에 있다. 어디에 살든 유태인이라는 민족성을 보전하고 힘을 모아 이스라엘을 건국할 수 있던 힘은 그들이 지키는 절기와 의식에 그 저력의 뿌리가 있다.

이민 와서 살고 있는 우리는 우리 민족 고유의 절기를 제대로 지키지 못하고 살아가면서 이 땅에서 지켜지는 명절이나 경축일에도 크게 공감하는 바 없이 살기도 한다. 어떤 때는 뿌리가 뽑힌 것처럼 정체감에 위협을 느끼고 한 사람 한 사람이 마치 하나의 작은 섬인 양, 연결점이 없이 각자 열심히 살아가는 것 밖에는 다른 도리가 없다고 믿고 산다. 전통은 구습을 지키는 데 있는 것만은 아니다. 의미 있는 행사가 시간이 가면서 하나의 전통으로 자리매김되어지는 점에 착안할 때 이제는 한인 이민사회만의 전통과 의례(ritual)를 정립시키는 면도 고려해야 할 때이다. 간혹 개인간의 사이는 절치액완의 상태일지라도 민족의 정체성과 관련된 사회적 혹은 정치적 행사에는 힘을 보태며 더불어 참여할 때 점차 각 사람과 이민사회의 정서가 무리 없이 연결되는 유대감이 구축되어질 것이다. 구성원의 관심과 참여를 기대하며 사회적으로 추진되는 크고 작은 행사는 따라서 유대감을 강화하는 데 좋은 계기일 수 있다.

지구화 시대의 체면론(體面論)

우리는 20세기 말기부터 초고속의 정보 교환이 전세계적으로 가능 해짐으로써 소위 지구화 시대에 살고 있다. 인종·문화·종교 등 모든 면에 걸친 정보의 홍수로 각 문화가 고유하게 보유했던 특색과 미덕, 금기 사항 등이 비판없이 뒤섞이고 초현대주의의 영향으로 그 동안 믿 어져온 가치관이나 사회 질서 등 인간의 보편적 믿음이 모두 의심되고 재평가되는 시대이다. 개인주의가 만고의 진리로 받아들여진 가운데 개인의 자유와 권리가 사회적 도덕심이나 집단의 이익에 우선하는 것 은 물론이다. 동·서양이 섞이고 다원주의적 경향이 왜곡되고 이기적 으로 해석되면서 정신적으로나 도덕적으로 크고 작은 광기가 속출하 는 것을 보게 된다.

각 개인마다 저마다 다른 잣대로 옳고 그름을 논하게 되는 것이 바로 정신 착란의 시작이다. 고립된 사회이건 지구화된 사회이건 사람이 어 울려 사는 사회에는 어느 정도의 기본적인 합의 사항이 전제가 된다.

에리히 프롬은 사회가 돌아가게 하는 본질적인 요소의 하나가 사회적 성격(social character)이라고 지적한 바 있다. 사회적 성격은 사회 구성원들이 공유하는 핵심적인 의견이나 사상 또는 동기 등을 가리킨다. 사회에서 인정되는 미덕과 상벌의 제재 규정이 지켜지는 사회라야 구성원들이 성실과 신뢰가 있는 사회인으로서 살아가게 된다.

우리의 조상들이 중시해온 체면이 남의 눈을 의식한 허례허식으로 간주되는 것은 내용을 도외시한 채 외양만 판단한 경우이다. 인간이 인간답게 되기 위해서는 갖추어야할 기본 조건이 있고 역할에 어울리는 책임과 덕(德)이 있으며 이를 지키지 못할 때 수치(羞恥)를 느껴야 함이 체면의 전제(前提)다. 공자는 자신의 잘못된 처세에 수치심을 느낄 수 있는 자만이 군자(君子)라고 하였다. 수치심은 다른 사람이 알든 모르든 상관없이 스스로 가진 판단 기준에 의거한 것이다. 따라서 군자의 기본 자세는 홀로 있을 때에도 도리에 어그러짐이 없도록 삼가야 하는 신독(愼獨)이었다.

체면을 경시하는 사회는 사람들 사이에 기본적으로 통하는 예의나 규범이 무시된 사회다. 무례하고 뻔뻔한 행동이 마치 민주시민의 자유나 지구화 시대의 신세대적 태도로 오해되는 사회는 무질서한 사회다. 안면몰수나 식언(食言)이 용납되는 사회는 집단적 타락 증후군이 있는 사회다. 이름이 알려진 사람의 실패나 추락을 고소해 하는 마음이나 다른 사람의 실수나 비극에 대해 안타까워하기보다는 쾌감을 느끼는 마음이 집단적 타락 증후군에 해당된다. 다른 사람들도 다 그러하니 자신의 부정이나 음해(陰害)의 말도 정당화될 수 있다는 태도가 집단적 타락 증후군이다.

부끄러움은 인간관계의 지속성에서 나오는 것이다. 체면을 무시한 채 다시 안 보면 그만이라는 식의 이민사회는 자칫 어디서 굴러온 개뼈다귀인지 모르는 뜨내기들이 모여 사는 피난살이로 전락할 위험이 있다. 어릴 때부터 의식에 밴 가훈(家訓) 아닌 가훈의 하나는 목에 칼이 들어와도 해야 할 것과 해서는 안 될 것이 있다는 아버지의 단호함이었다. 어물쩡함이 타협이 아니듯 원칙 없는 인생관이 지자(智者)의 가르침은 아니다.

자신의 마음에 비추어 당당하게 살고자 하는 사람은 꺼림칙한 마음을 참아가면서까지 눈앞의 이익과 타협하지는 않을 것이다. 우리 문화에서 체면을 지키며 사는 것은 일상을 사는 법칙이었다. 남의 말이나 법이 무서워서가 아니고 인간의 도(道)를 따름이 체면의 기준이다. 체면을 챙기는 사회라야 장래가 있다.

질문하는 죄

민주주의가 행해지던 그리스에서 국가의 신들을 부정하고 사람들에게 새로운 신을 소개하며 젊은이들을 타락시킨다는 죄명으로 70세의 소크라테스를 사형에 처했다. 울면서 애통해하는 추종자들에게 소크라테스는 죽음·정의·사후의 삶 등을 논하면서, 적어도 질문한다고 사람을 죽이지는 않는 곳으로 갈 것이라며 여전히 유머스럽고 평안하게 말했다고 한다. 그는 평범한 가정에서 태어나 평생 반반한 직업도 없고 돈도 없이 살았던 거리의 철학자였다. 늘 같은 외투에 맨발로 아테네를 소요하면서 만나는 사람들과 문답을 즐기는 소박하고 땅달막한 노인네였다. 그가 사람들에게 한 일이라고는 질문을 던져 답변하게 한 것 뿐이었다. 소위 소크라테스식 문답법이라고 일컬어지는 그의 대화법은 질문을 거듭함으로써 사람들이 스스로 알고 있다고 믿는 것을 제대로 보게 하는 것이 목적이었다.

소크라테스 문답은 권력자나 특권 집단이 내놓는 명제나 주장의 정당성에 대해 또는 그것을 앵무새처럼 되뇌는 범인(凡人)에게 '그것이 어째서 그런가?'고 물음으로써 답변하는 자의 자기 기만이나 편견, 혹은 정당화의 유무가 성찰되어 올바른 이해를 추구하게 하는 것이다. 소크라테스가 점검되지 않은 삶은 살 가치가 없는 삶이라고 일갈했듯이 일상의 전반을 왜라는 질문을 던져 살펴보지 않는 한, 우리는 누군가가 부여한 질서에 따라 누군가가 맞다고 한 주장을 추종해 갈 뿐이다.

삶은 먹고 마시고 사고하고 행동하는 일상으로 구성된다. 언제 어디서 누구와 무엇을 하는가에 관해서는 물론이고 자신의 일이나 구하고자 하는 명예나 감투에 대해 한번쯤 자문하고 숙고함이 없이 사는 인생은 무가치하다는 것이다. 비단 소크라테스의 진단이 아니어도 부화뇌동하는 삶이 가치가 있을리 만무하다. 자신 없는 강사는 질문을 꺼린다. 뒤가 구린 지도자는 질문을 불허한다. 스스로를 위장하고 속이는 사람은 질문을 받으면 당황하거나 화를 낼 것이다. 어물쩍하게 중간이나 가려고 키를 낮추고 눈치껏 침묵하는 일원에게 쟁점에 관한 의견을 질문하면 평생 원수가 될 수도 있다. 시간을 벌어 피해가고자 눈가리고 아웅하는 파렴치한에게 대중이 다 듣도록 질문을 했다고 치자. 그가 권력을 잡는 날이면 질문한 죄의 댓가는 사형 언도가 될 수도 있지 않겠는가. 분명한 한 가지는 질문하는 죄는 지용(智勇)의 표현에 대한 댓가라는 점이다.

좋은 사람 나쁜 사람

　우리 주변에는 좋은 사람도 많고 나쁜 사람도 많다. 그러나 잠깐만 귀 기울여 들어보면 좋은 사람이나 나쁜 사람의 정의가 무엇인지 불분명하고, 누가 이러니 저러니 말하는 사람조차 '그' 사람에 대해 별반 아는 바가 없음을 알게 되면 실소를 금할 수가 없는 경우도 허다하다. 마을 사람이 모두 좋아하는 사람이 어떤 사람이냐고 하는 자공의 질문에 대한 공자의 답변은 의외로 간단하였다. 즉 모든 사람이 좋아하는 사람은 좋은 사람이 아니다는 것이었다. 또한 모든 사람이 싫어하는 사람도 좋은 사람은 아니다라고 하였다. 공자의 결론인즉 좋은 사람이란 좋은 사람이 좋아하고 좋지 않은 사람들이 미워하는 사람이라는 것이었다.

　자신이 어떤 사람인가를 평가해 보려면 어떤 류(類)의 사람들이 자기를 좋아하는지 또는 자기가 어떤 류의 사람들로부터 배척을 당하는지를 따져 보면 된다. 처신함에 있어서나 의견을 표방할 때에도 남의 의견보다는 스스로가 가진 판단에 근거함이 우선이겠으나 남의 판단이 의식된다면 상식적으로 보아 건전한 사람과 그렇지 못한 사람의 판단에 차별을 두고 듣는 것이 건강한 태도다. 개나 걸이나 모든 사람으로부터 호감을 얻으려는 심리적 충동에 대해 신영복 교수는 비판을 두려워하는 심약한 심성 탓이거나 아무에게나 영합하려는 "화냥기"가 아니면 미성년자들이 갖는 "감상적 이상주의"에 불과한 것이라고 직언하였다. 아직 자기 정체성이 확실하지 않으면서도 매사에 반항적인 십대들이 중시하는 것은 또래들로부터의 인기다. 미성년자들은 내심으로는 믿는 바가 부족하면서도 기성인이나 정해진 규범을 따르는 것은 어쩐지 내키지 않는 아이와 독립적이고자 하는 어른 사이의 과도기에 처한 사람들이다. 따라서 이들은 동년배로부터 인정받는 대목이라도 있어야만 마음의 안정을 느낄 구석이 생기는 것이다. 어른들 가운데서도 크든 작든 스스로의 판단에 와락 자신이 안 서거나 행여라도 손해 보는 경우가 생기지 않을까 하는 손익의 계산에 빠른 사람들은 누구에게나 좋은 사람이 되고자 하는 욕구가 강하다. 가능한 한 두루두루 누구에게나 잘 대해주고 잘 지내려고 노력하는 것이다. 얼핏 들으면 현명한 사람의 처세인 듯하다. 하지만 매사가 정의롭게 돌아가고 만인이 다 공정한 것은 아닌 인간 세상에서는 모든 이에게 좋은 사람으로 비추어진다는 것은 허위와 허장성세(虛張聲勢)가 없이는 불가능한 일이다.

불의를 보고 화가 나지 않는 사람은 감정의 불감증을 넘어 판단력이 마비된 사람이거나 극단의 기회주의자라고 볼 수 있다. 불의를 미워하고 분열과 파당 그리고 독재를 증오하는 이유는 정의와 평화 자유민주주의에 대한 사랑 때문이다. 진정한 사랑은 어떤 면에서 미움을 전제로 한다. 사랑하는 이를 해치는 자에 대해 가지는 증오는 그가 가진 사랑의 신실함과 깊이 때문이다. 사랑과 미움은 빛과 그림자와 같은 관계다. 사랑을 최선의 계명으로 가르친 예수도 위선과 독선으로 가득 찬 바리새인들을 보고 독사의 자식, 회칠한 무덤이라고 비난했으며 이익에 눈 먼 환전상들을 향해 불같이 화를 냈다. 매사가 얼렁뚱땅 처리되고 사이비가 판치며 또 이를 적당히 받아주는 사회는 밑도 끝도 없는 불신을 키운다. 뜻도 없는 미사여구(美辭麗句) 뒤에 도사린 위선은 다른 사람을 향한 증오는 물론이고 자기를 향한 자기 혐오를 양성하게 된다. 자기혐오야말로 자신은 물론 가족이나 사회 구성원들에게 온갖 위악(僞惡)을 끼치는 전초기지가 됨을 경계해야 한다. 거리낌없이 사랑하고 미워할 것을 과감히 미워할 수 있어야만 건강한 삶이 된다. 단 미워하는 것에 대한 이유가 정당하게 설명될 수 있어야 하고 그래서 고쳐질 수 있는 기회가 주어질 때 개량된 가정이나 사회가 될 것이다. 그대가 가진 애증(愛憎)은 설명될 수 있는가.

표정 관리

복장에 곁들여서 스타일을 돋보이게 하고 개성을 살리는 것이 액세서리다. 액세서리는 때론 고가(高價)의 경쟁으로 스타일과 무관하게 애용되기도 한다. 비싼 장신구나 보석을 선호하는 이유는 저마다 다를 것이다. 비싼 보석에 의한 치장은 재력(財力)의 과시이거나 일종의 메이크업(makeup)일 수 있다. 무엇을 메이크업하기 위함인가는 본인만이 알 일이다. 무거울 정도로 큰 다이어몬드를 목과 귀, 손가락에 동시에 전시하고 다니는 수고를 감수하는 이유도 본인만이 알 일이다. 간혹 정말 이쁜 빛깔의 보석과 다이어몬드가 정교하게 어울린 잘 빠진 목덜미를 보는 것은 하나의 예술품을 보는 듯 산뜻한 기쁨을 준다. 그럴 때 비로소 비싼 보석을 이유 없이 목적도 없이 걸치고 다니는 뭇 사람들이 더불어 이해가 된다.

액세서리 가운데 돈으로도 살 수 없는 무가격의 액세서리가 표정이다. 무표정을 비롯해서 매순간 그 사람이 선택하고 전시하고 있는 표정이 세월 속에 응집되어 나오는 것이 인상(印象)이다. 젊었을 때는 이 목구비의 생김생김으로 미추(美醜)가 평가되나 나이가 들어가면서 인상의 비중이 커진다. 레오나드 다빈치가 최후의 만찬을 그리려고 준비할 때 13명의 모델을 찾아 나섰다고 한다. 어느 날 교회에서 천사들의 합창인 냥 아름다운 찬양을 듣던 다빈치는 성가대원 중에서 예수의 상에 적합한 젊은이를 발견하고 모델로 삼아 그림을 그렸다. 이후 다빈치는 11개월 이내에 유다를 제외한 나머지 모델들을 모두 구해서 작업을 마쳤다.

마지막으로 가룟 유다를 닮은 이를 찾기 위해 사방을 돌아다닌 다빈치는 마땅한 모델을 찾아 내지 못한 채 11년을 소비하게 되었다. 그는 마침내 자신이 살던 밀란의 거리에서 유다를 발견하는 것은 잘못이라는 것을 깨닫고 교도소를 찾아 갔다. 죄수들 가운데서 마침내 분노와 고통이 담긴 눈빛과 거칠고 성마르며 신고(辛苦)가 서린 표정의 사람을 발견하고 모델이 되어 줄 것을 요청했다. 수갑을 채운 채 다빈치의 화실에서 모델이 되어 주던 죄수는 안절부절 못하던 끝에 마침내 울음을 터뜨렸는데 사연인즉 가룟 유다로 선 그가 바로 11년 전에 예수의 모델이었던 사람이었던 것이다. 값비싼 보석으로 돋보이고자 하면서 관리되지 않은 심성과 표정을 드러낸다면 무슨 유익이 있겠는가. 표정 관리야 말로 인생사의 스타일을 드러내는 최상의 액세서리를 획득하는 일일 것이다.

가장 영예로운 사람

우리말에는 경어가 있어서 신분과 지위, 연령에 맞는 적절한 존칭어를 쓴다. 초면에 상대의 나이를 묻는 것은 무엇보다도 그에 예우를 위함이었다. 연장자가 됨은 그 나이에 걸맞는 지혜와 덕을 갖추는 것으로 간주되어 벼슬 아닌 벼슬을 하는 것과 같아서 영예로울 뿐 아니라 대접받아 마땅한 자리에 오름과 같았다. 우리 선인(先人)들이 바라본 인생은 마치 사계와 같아서 그 어느 한 철 고유의 가치를 지니지 않은 단계가 없이 한 철이 가면 다른 한 철로 이어지는 것은 자연의 순리이자 법칙으로 받아들여짐에 무리가 없었다.

배금주의의 영향은 인간에 대한 가치 척도에도 변화를 가져와서 늙음은 곧 낡음 이상은 아닌 것이 되고 사람들에게는 나이에 대한 기피증이 생겨났다. 나이를 무시한 채 외관상의 젊음을 고수하려는 치열한 작전이 전개되는 한편, 젊고 능력 있는 차세대들과 맞짱 뜨려는 의지만 만만(滿滿)한 사회에서는 밀어 주고 끌어 주는 스승이나 선배를 기대하기 어렵다. 모두가 무대의 중앙에 선 스타가 되고자 혈투도 불사하는 마당에 경쟁자 말고 찾아질 대상이 무엇이겠는가.

어느 나라의 왕이 나라 안의 사람들 중에 가장 훌륭한 사람을 포상하고 기리기 위한 날을 제정하고 대상자를 추천하라는 방을 내렸다. 예심을 거친 네 명의 후보 이름이 왕에게 상달되었다. 첫 번째 후보는 부유한 박애정신의 사람이었다. 그는 그의 많은 재산의 일부를 가난한 사람들에게 나누어 주어 인류애를 베푼 점으로 볼 때 그에게 상을 주어 마땅하다고 추천이 되었다. 둘째 후보는 유명한 의사였다. 아픈 사람들을 소명감을 갖고 헌신적으로 치료해온 공로가 인정되어야 한다며 추천되었다. 세 번째 후보는 그의 공정하고 지혜로우며 탁월한 판단력을 통해 잘 알려진 판사였다. 네 번째로 왕에게 소개된 후보는 연로한 여인이었다. 복장이나 태도가 평범하기 이를 데 없는 모습이어서 이를 지켜본 사람들이 모두 웅성거리며 쑥덕거리기 시작했다. 그러나 그녀는 시종 조용하면서도 자신 있고 이해심 있는 눈길과 사랑이 깃든 얼굴로 왕 앞에 서 있었다. 왕은 의아해 하면서도 호기심이 일어 그녀가 과연 누구냐고 물었다. 그녀를 추천한 이가 대답했다. '그녀는 왕께서 방금 접견하신 박애가, 의사, 판사의 선생님이 되십니다.' 그녀 자신은 비록 부나 명예, 지위가 뛰어난 사람은 아니었으나 자기의 삶을 쏟아 부어 위대한 사람들을 길러낸 공로로 가장 영예로운 사람으로 남게 되었다. 이민사회에서의 스승과 선배의 역할이야말로 무엇보다도 큰 사회 공헌이 아닐까.

도마뱀 꼬리 정서(情緖)

의학의 발달과 건강에 대한 지식의 증가로 인간의 수명이 점점 길어지고 있다. 그러나 오래 사는 만큼 더 잘 연결되어야 할 것 같은 세대 간의 교통이나 일상과 연결된 전통의 계승은 갈수록 더 어려워지고 맥이 끊어져 가는 현실이다. 근본이나 뿌리가 확인되지 않는 타지인(他地人)으로 만나고 살아가는 이민사회는 더더욱 과거로부터의 단절이 드러난다. 문화가 다른 환경에서 살게 되면서 배우거나 말로 하지 않아도 저절로 생활 속에서 듣고 따라 행하면서 자연스레 지켜지던 전통을 잃어버리게 되었다. 가족과 일가친척은 물론이고 사돈의 팔촌까지 연결되는 인간관계 속에서 자중하고 삼가던 행동거지가 미덕의 근간을 이루던 것이 과거 우리의 사회였다. 구전(口傳)되던 많은 일화를 통해 선대(先代)의 삶을 상상하고 이해하는 가운데 친숙함과 정이 절로 생겨났다. 일상을 통해 관혼상제(冠婚喪祭)의 예를 알게 되고 추원보본(追遠報本)의 의지를 갖게 되던 사회였다.

두어 세대 전만 해도 각 가정의 안방에는 가족과 친지들의 사진을 골고루 넣어 조합한 액자를 걸어 두는 게 보통이었다. 문지방 위쪽이나 아랫목 위쪽에 걸린 가족과 친지의 사진들 가운데는 이미 장가든 집안 아저씨의 첫돌 사진이나 돌아가신 선친의 모습 등 세월과 무관한 사진들도 종종 있기 마련이었다. 수시로 바라보게 되는 사진 속의 얼굴들과 친해지고 정이 들면서 가족은 막연히 추상적인 개념이 아니라 가슴 따스해지는 구체적인 느낌으로 뼈와 살에 섞이어 드는 환경이었다.

방안 벽에 걸린 사진틀은 이제는 드라마나 영화 속에서 누추하고 촌스런 시골집을 그려내기 위한 소품으로나 등장한다. 세련된 현대인들은 더 이상 벽에 가족사진을 걸지 않는다. 서양인들처럼 한 장의 사진을 한 개의 액자에 넣어 서가나 구석 테이블에 놓으며 사진의 인물들은 거의가 직계 가족으로 국한된다. 핵가족 시대에 사는 아이들은 일 년에 몇 번 대하는 조부모의 성함을 기억하지 못하고 몇 년 만에 한 두 번 본 적 있는 집안 친척들은 남과 하등 다를 바 없다고 여긴다.

과거와의 연대감이 없이 그리고 조상에 대한 고마움이나 의무감이 없이 현재의 부모나 가족에 대한 고마움이나 의무감을 느끼기는 쉽지 않다. 가족이나 부모와 관련된 감정은 그들이 몸으로 경험한 분량 만큼에 기반을 둔 개인적인 차원의 일 이상은 아니다. 삶에 연속성이 있고 관계에 지속성이 있을 때는 꼭 내키지 않는 일이나 달갑지 않은 상황에서도 사람 사이에 행해야 하는 기본 도리와 예의가 지켜진다. 비록 형식적이라고 할지라도 기본적인 체면치레가 행해지는 사회는 사회 질서의 불문율이 지켜지고 그로 인한 최소한의 위로와 신뢰를 느낄 수 있는 분위기가 유지되는 사회다.

십 년을 알고 지내도 언제 어떻게 될지 모른다는 마음으로 사는 관계에는 지속성이 없다. 그저 안면 있는 사이인 채 십 년이 지나간 것일 뿐으로 어제 오늘 만난 사람과 별반 차이가 없는 관계일 뿐이다. 혼인이나 장례 같은 인륜의 대사를 통해 내다보면 살고 있는 사회의 정서를 한층 정확하게 감지할 수 있다. 뜨내기로 사는 사람들은 주고받는 품앗이의 기본도 지키지 않는다. 말하는 데 힘이 들거나 돈이 드는 것이 아닌데도 입에 바른 빈말조차 후하게 하지 않는다. 따분한 상황이 되면 들어도 못 들은 척 알아도 모르는 척 어물어물 어성(語聲)치며 순간을 모면해 가는 안면 두꺼운 처세술이 만연된 사회의 정서는 도마뱀 꼬리와 같은 자생(自生)과 재생(再生)능력이 과시되는 사회다.

도마뱀은 자신을 방어하기 위해 꼬리를 잘라내고 도망간다. 꼬리는 빠르면 한 달 새로 다시 자라나지만 없어도 무방한 것은 아니다. 꼬리는 호신용도만 있는 것은 아니어서 도마뱀이 꼬리를 잃으면 몸의 균형을 잡지 못해 먹이를 구하거나 자손을 생산하는 데 지장을 받는다.

체면이나 도리를 저버리고 사는 것이 당장 사는데 편하고 이익이 될 수 있다. 그러나 조그만 편의 때문에 존재의 균형을 잃고 세대 간의 연대감을 잃는다면 득보다 실이 훨씬 더 막대하다. 안위(安危)와 관련해서 자신의 몸의 일부를 잘라내면서도 피 한 방울 흘리지 않고 아픔조차 없는 도마뱀의 자생력을 인생에 적용할 일은 아니다. 산다는 것은 편리(便利)보다는 도리(道理)를 추구해야 하는 것이기 때문이다. 마음에 안 맞는다고 부모 자식이 절연(絕緣)한 채 살아가고 어제까지의 친구가 오늘은 원수가 된 채 살아가도 괜찮은 개인주의는 우리네 정서가 아니다. 잘라낸 자리에 상흔없이 다시 꼬리가 자라나는 재생력을 부러워할 일은 더더욱 아니다. 상흔없이 치유되는 상처는 의미없는 고통에 불과하고 아픔없이 채워지는 상실(喪失)은 비정(非情)이 전제된 것이기 때문이다.

제3부 심리와 건강

심리대화 치료의 변(辯詩) | 내적 삼권체제 | 직감의 존중 | 심상의 효과 | 감상의 치료 효과 | 취급주의 | 마음 검사 | 극약 처방 | 화병 | 심리보험 | 마귀 탓 | 감성지능(EQ) | 감정 아울렛(Outlet) | 경청(傾聽) | 원시안(遠視眼) | 두려움과 죄 | 유활(流活) | 사모사(思慕思) | 정신 건강 | 반동형성(Reaction Formation) | 영역(領域) 주장

심리대화 치료의 변(辯)

정신분석학의 원조인 프로이드는 인간의 모든 행동의 배후에는 원인이 있으며 원인 없는 행동이란 없다고 전제하고, 모든 인간의 심리적 문제의 원인은 그의 무의식에 자리 잡고 있다는 이론을 정립시켰다. 정신분석학의 일환인 사이코세라피(Psychotherapy), 즉 심리대화치료는 '영혼치료'라는 어원을 가지고 있다. 자유롭게 대화하는 가운데 첫째, 마음 깊은 곳의 응어리가 풀어지는 정화과정 둘째, 내담인이 자신 안에 있는 갈등의 뿌리를 이해하게 되었을 때 얻게 되는 인식과 통찰력 셋째, 점진적으로 성격을 재구성해 가는 과정을 통해 궁극적으로 자기 실현을 해 나가도록 도움을 주는 것이다.

심리대화 상담가로서 내가 하는 일은 내담인의 이야기를 들으며 그들의 생각에 언어의 옷을 입히도록 돕는 일이다. 흐린 연기처럼 세포 구석구석에 흩어져 혼돈으로 배여 있는 상처들에게 이름을 주어 싸매며 기억조차 하고 싶지 않아 나신으로 버려 둔 기억들을 거두어 적절한 옷을 입히고, 있을 자리를 안배해서 이후론 누구와 대면하고 선대도 더 이상은 부끄럽지 않을 내면의 무수한 분신들임을 인정하게 하는 일이다.

나이를 먹지 않고 세월과도 무관하게 기세를 떨치고 있는 과거 속의 인물들과 그들이 만들어낸 파장의 회오리에도 언어의 옷을 입혀 일으켜 세우고 한 걸음 물러나 바라볼 수 있도록 도와주는 일이다.

매사에 명시거리란 것이 있듯이 우리의 생각 또한 마찬가지여서 한 걸음 물러나 적절한 거리를 두고 보면 간수해야 할 것과 버려야 할 것의 모습이 또렷해진다. 그리하여 정리된 집에 기쁨으로 손님을 맞듯이 구석구석 파악된 마음에 새 삶을 향한 동기와 자신감을 자아내게 하는 일이다.

내적 삼권체제

아침에 눈뜨는 순간, 따스한 이부자리 속에서 한 숨 더 잤으면 하는 생각과 시간상 일어나야지 하는 의식이 맞서는 상황에서 5분만 더 있다 일어나자 하는 타협의 삼면이 공존하는 순간의 경험을 안 해본 사람은 없을 것이다.

3천여 년 전 그리스 델피 신전의 신탁인 '네 자신을 알라'는 경구는 소크라테스가 가르침의 지침으로 삼으면서 더 유명해졌으나 수천 년간 사람들의 인식에는 큰 변화가 없었다. 20세기에 이르러, 프로이드는 우리의 내면세계는 본능, 자아, 초자아의 세 장치가 수시로 상충 보완하는 상태에 있다고 설명하기에 이르렀다. 본능은 쾌락을 추구하는 장치로, 즉 배고프면 먹고 싶고 피곤하면 쉬고자 하는 욕구를 내세운다. 초자아는 부모나 종교, 교육을 통해 받은 가르침의 소재지로 훈계하고 통제하는 기관이다. 자아는 본능과 초자아가 각각 내리는 메시지를 받아 이를 고려한 뒤 판단을 내리고 행동을 정하는 장치다. 자아는 때로 본능이나 초자아에 상관없이 독자적인 선택을 하는 주체성이 있다.

사람의 성품에 대한 다른 설명은 각 사람 안에 부모, 성인, 어린이의 세 측면이 있다는 설이다. 어린이의 측면은 프로이드가 말한 본능과 유사하다. 느낌에 의해 동기가 유발되며 원하고 필요한 것을 향한 욕구를 추구하고 흥미와 열정을 간직하고 있는 측면이다. 부모의 측면은 사람들이 자신의 부모로부터 받은 영향이 작용하는 면이다. 사람은 누구나 보고 들은 것을 쉽게 행하는 경향이 있다. 이것을 반복 충동(Repetition Compulsion)이라고 한다. 아버지가 바람 피우는 집은 자식도 바람 피운다고 할 때 핏줄의 내력이라고 치부되는 게 보통이다. 하지만 이는 유전적인 요소라기 보다는 보고 배운 행동으로 봄이 옳다.

우리가 우리 부모들을 좋아하든 안 하든 우리는 부모로부터 보고 듣고 배운 것의 영향으로, 어느 시점에서는 부모와 흡사한 생각과 행동을 우리도 모르는 사이에 하게 된다. 성인의 측면은 우리 안에 공존하는 부모와 어린이의 측면을 수용해서 독자적인 판단을 내리는 기능을 한다. 상반된 여러 생각 때문에 갈등하고 번민하게 될 때는 내적 삼권체제의 형평을 재 볼 일이다. 내 마음 나도 몰라 식의 미스터리는 스스로의 무지를 미화한 표현 이상도 이하도 아니기 때문이다.

직감의 존중

우리가 가진 직감은 비록 그 이유를 설명할 수 없어도 다양한 형태를 통해 우리 안에 메시지를 전하고자 생겨나는 느낌이다. 왜라고 설명할 수 없어도 안다는 의미는 눈으로 보아서가 아니고 두뇌로부터 아는 것이다. 직감의 특징은 어떤 관계나 일에 있어서 일어나는 자연적인 그 반응이 항상 자신에게 최선이 되는 쪽을 향해 일어난다는 점이다. 직감의 영어인 인튜이션(intuition)의 어원은 '지킨다, 보호한다'라는 의미가 있다.

우리의 직감은 때론 떠나지 않고 지속되는 생각이나 왠지 거슬리는 느낌으로 남아있기도 하고 의심, 우려, 두려움 등으로 오기도 하며 어쩐지 편치 않은 느낌이나 배알에서 느껴지는 떨떠름한 것 같은 속 느낌 혹은 꺼려짐 등으로 이어지기도 한다. 나무랄데 없이 훌륭해 보이는 친절한 사람과 교제하는데 왠지 마음 한 구석이 늘 떠름하다면 육안으로는 비록 보지 못하나 인지 능력으로 보고 있는 게 있다고 고려해 보는 게 좋다. 이유가 딱이 없는데도 어떤 장소에 가는 것이 내키지 않는다면, 어떤 제안을 받아들이기가 망설여진다면 결정을 내리기에 앞서 신중한 검토를 요한다. 조셉 캠벨은 기술의 발달이 우리를 구원해 줄 수 없으며 우리의 참된 존재에서 나오는 통찰력인 직감을 존중하고 이에 의존해야 한다고 했다.

우리에게는 직감과 대응해서 "설마"라는 부정의 기제가 있다. 마음한 구석이 왠지 꺼림칙하면서도 우선 보여지는 것과 논리에 근거한 판단을 내리고 만다. 우선 먹기는 곶감이 달다는 식으로 생각하기 번거로운 것은 적당히 부정하고 넘어간다. 나중에 가서 후회를 하게 될 때야 비로소 왜 마음 한 구석에 피어나던 불안한 느낌을 보다 중시하지 못 했는가 깨닫지만 이미 때늦은 일이다. 우리 속담에 설마가 사람 잡는다는 말은 바로 우리가 직감을 무시했을 때를 일컬음이다.

위험이나 변화가 암시되는 상황에서 우리의 두뇌는 보다 많은 아드레날린을 생산해 전시에 대비하는 체제를 갖춘다. 우리 몸은 예견되고 있는 위협의 가능성에 대해 우리가 이에 대항을 하든지 삼십육계 줄행랑을 놓든지 협력할 태세를 미리 갖추어 놓는 경이로운 기제가 있다. 문제는 우리의 태도와 판단이다. 수시로 자신이 가진 천연의 경보장치를 무시하는 경향이 있다면 한번쯤 진솔하게 스스로를 검토해 볼 일이다.

심상의 효과

　마음이 전부여서 우리는 곧 우리가 생각하는 대로 된다고 한 부처나, 우리의 인생은 우리의 생각이 만들어내는 작품이라고 한 마르쿠스 아우렐리우스의 가르침은 심리학적으로는 자기 충만 예언(self-fulfilling prophecy)에 해당한다. 우리는 어떤 결정을 내릴 때나 새로운 직무에 임하거나 새로운 환경에 접할 때 막연하나마 어떤 예감을 갖게 된다. 우리의 마음에 떠오르는 심상은 나름대로의 직관이나 편견에 의한 것이어서 평상시 우리가 보편적으로 갖고 있는 긍정적이거나 부정적인 형태의 사고에서 크게 벗어나지 않는다.

　전세계적으로 2천만 부 이상이 팔리고 있는 장기 베스트셀러인『긍정적 사고의 힘(The Power of Positive Thinking)』의 저자인 노만 빈센트 필 목사의 체험담은 마음먹기에 따라 달라지는 인생 역전을 실감하게 한다. 레이건 전 미 대통령을 비롯해서 세계 정상급 지도자들의 친구이자 상담가였던 필 목사는 대학시절까지만 해도 비참할 만큼 자신감이 결여되고 수줍은 젊은이였다. A학점 학생이면서도 늘 자신이 없이 자신의 존재를 숨기고 싶어하는 생활을 하던 필 목사에게 획기적인 전환점을 가져다준 것은 그를 눈여겨보던 그의 경제학 교수였다. 벤 아네슨 교수가 마음과 관련된 몇 권의 서적과 기도를 통해 자신의 열등감을 극복한 경험담을 들려주며 격려해 주자 필 목사는 즉시 그 충고를 신실하게 받아들였다. 그 결과 필 목사는 자신의 열등감과 부적응의 단점을 극복함은 물론 비슷한 어려움을 가졌거나 좌절된 삶을 경험하는 수천만의 사람들에게 희망과 용기를 북돋우는 메시지의 전달자가 되었다.

저절로 떠오르는 심상에 끌려가지 않고 보다 적극적으로 자신이 원하는 그림을 마음속에 그려가면서 참을성과 끈기를 가지고 선택한 삶에 임하고, 때론 실패하여 넘어진 자리에서조차 그 실패로 인하여 새로이 접할 수밖에 없는 상황에 기대 섞인 청사진을 그릴 수 있는 사람은 적극적인 삶을 사는 사람이다. 늦었다고 생각한 때가 가장 빠른 때라는 속담에 힘입어 지금부터라도 자신에 대해 적극적이고 긍정적인 심상을 그려보면 어떨까. 지금 서 있는 그 자리가 마른자리이든 진자리이든, 수천 볼트의 미소를 띠우고 그래서 화사하고 매력 있게 된 그대의 모습을 그려본다면.

감상의 치료 효과

삶의 무게가 새삼 버겁고 힘들 때 우리는 갖가지의 모양과 방법으로 이를 감당하고 견뎌내며 나아가 새로운 힘을 얻고자 한다. 내가 하는 자가 치료 가운데 하나는 잠시 나를 떠나 다른 사람들의 세계로 들어가 보는 일이다. 조용한 방에서 이제는 이 세상 사람들이 아닌 작가의 글을 읽거나 음악을 듣게 되면 어느 순간 내가 서있는 삶의 자리가 더이상 벼랑 끝처럼 느껴지지 않는다.

내가 가진 몇 안 되는 클래식 음악 CD 중 거장들에 의해 1926~1950년 사이에 연주된 곡들이 수록된 게 있다. 20세기 초 녹음 기술이 발명된 덕택에 내 부모가 태어나기도 전에 연주된 곡들을 공연 당시의 우뢰와 같은 박수와 함께 감상할 수 있음은 하나의 경이로움이다. 그 무대의 주인공이나 관객이 이미 이 세상 사람들이 아님을 생각하며 듣는 아름답고 감미로우며 때론 웅장한 선율은 질곡의 생을 살다 간 사람들에 대한 아련한 향수와 함께 천상을 꿈꾸게 한다. 첼로의 전

설로 기억되는 피아티고르스키가 1933년에 연주한 쇼팽의 야상곡과 차이코프스키의 감상적인 왈츠와 더불어 나를 우울에서 건져 올리는 또 다른 멜로디가 있다.

십여 년 전 갈리나(Galena) 근처의 시골에 산 적이 있다. 우리 가족 말고는 한국인은 물론 다른 인종의 사람은 구경조차 할 수 없는 곳에서 어쩌다 우리말 노래를 듣는 순간이면 눈알이 붕 뜨도록 눈물이 돌았다. 운전대를 잡고 목청이 터지도록 우리 가요를 따라 부르면 어느새 심정이 정화되는 기분이었다.

노래를 부르면 그리워 떠오르는 대상이 어찌 고향 사람뿐이던가. 묵묵히 자리한 산 그림자 떨어지는 낯익은 방죽도 보이고 먼지나는 신작로 옆 옥수수 밭도 있다. 옥수수 잎새가 바람에 파랗게 일렁이는 것만 보면 마음이 이상해지신다는 어머니는 외딸을 타국으로 보낸 후 울적해 질 때마다 일부러 슬픈 노래를 부르며 눈물을 흘리고 나면 속이 후련해지더라고 하셨다. 어머니를 생각하며 비 내리는 고모령을 불러보는 감상이나 전 시대의 사람이 남긴 글과 음악을 통해 그들을 연모하는 내 턱없는 감상이 나를 우울에서 건져 올리고 빠듯한 현실을 미화하는 효과를 발견한다. 이름하여 센티멘탈 쎄라피(sentimental therapy)라고 해야 할까.

취급주의

깨어지기 쉽고 손상의 염려가 큰 것은 충격을 막는 스트로폴 상자에 넣거나 그것도 모자라서 겉포장에 취급주의라는 경고를 붙인다. 사람도 마찬가지여서 잘 다치고 연약한 부분일수록 견고한 방어막을 치고 그것도 안심이 안 되어 이를 보상하려는 증상이 나타난다. 성장 환경이 원만하지 못했거나 어릴 때 외롭게 자란 사람들은 흔히 애정 결핍의 증세를 보인다.

증세는 사람에 따라 다소 차이가 있으나 극과 극은 통한다는 말처럼 양극단의 두 경향으로 나타난다. 그 한 유형은 소원한 인간관계형이다. 마음이 여리고 쉽게 상처받는 형인데 이를 방지하려고 사람과 가까워지는 것을 무의식적으로 피한다. 다른 사람과 진심으로 친해질 줄을 모른다. 외로움을 감수하고라도 다른 사람을 밀쳐내는 유형이다. 감정적으로 누구를 의지하게 되는 것을 두려워하기 때문에 겉으로 보기에 독립심이 강하고 강인한 인상을 준다. 다른 사람을 마음에 담게 되면 좌불안석이 되고 참을 수 없는 상태가 되어 서둘러 관계를 깨는 파행적인 행동을 한다. 아니면 핑계를 만들어서 스스로 그 사람과의 관계를 멀게 하거나 트집을 잡아 상대방을 멀리할 구실을 찾는다. 누구와도 원하는 만큼의 거리가 지켜져야만 마음의 안정이 유지되는 까닭에 심지어 배우자나 자녀하고도 마음을 열지 못한다.

또 다른 유형은 눈 깜짝 할 사이에 정도 이상의 각별한 관계를 형성하는 융합형이다. 애정이 고픈 탓에 자기에게 조금만 정중하고 친절하면 누구에게서나 쉽게 애정을 발견한다. 조그마한 계기를 통해서도 상대방에게 깊이 빠진다. 누군가와 절친하고 농도 짙은 교제를 해야만 마음이 안정되며 혼자가 되는 것을 극도로 두려워한다. 친한 사람과는 매사에 일심동체로 지낼 것을 기대하는 까닭에 상대방에 대한 요구 및 의존도가 비현실적으로 높다. 취미 생활부터 친구관계에 이르기까지 만사를 함께 해야 한다고 믿으므로 상처를 쉽게 받고 관계 또한 오래 가지 못한다. 쉽게 또 다른 짝을 만나고 깨지고 하는 경향을 반복한다. 이렇듯 소원형이나 융합형의 사람은 다같이 취급주의를 요하는 사람들이다. 그러나 보이지 않게 그들에게 박힌 취급주의의 경고를 읽어 낼 사람이 몇이나 될까.

마음 검사

추운 날엔 두꺼운 옷을 입어야하고 또 겹겹이 껴입듯이 마음이 춥거나 아픈 사람들은 무겁고 다치기 쉬운 감정들로 겹겹이 싸 안겨 있다. 삭신이 아프도록 무겁게 걸치고 있는 해묵은 감정의 누더기들은 낫지 않고 염증으로 남아있는 상처들을 보호하고 감추기 위한 덧배이다. 벗어버려야 하는 감정 중 가장 시급한 것은 미움과 증오심이다. 편치 않은 감정은 몸에 독이 되기 때문이다. 누군가를 S.O.B(son of bitch)라고 욕하며 살고 있으면서도 병에 걸리지 않고 살고 있다면 기적이고, 그 기적이 언제까지 계속될지는 아무도 장담할 수 없는 일이다. 최근에 생겨난 정신신경면역학(Psychoneuroimmunology)은 우리의 감정 상태가 신체의 면역체계 변화와 밀접한 영향이 있음을 밝히고 있다. 우리의 몸, 마음, 영혼의 상태가 두루 연결되어 있음을 과학이 증명하고 있음이다. 약을 먹으면 낫는다는 믿음 자체가 먹는 약과는 상관없이 병을 낫게 하는 것을 플라시보 효과라고 한다. 의과대학 교수인 윌라드

크렐은 진짜 약을 먹을 때도 우리의 심정적인 믿음과 기대에 따라 약의 효능에 큰 차이가 있다고 밝혔다. 약을 다릴 때 정성을 다해야 한다고 이른 옛 어른들의 가르침이 새롭다. 우리의 건강은 결국 몸, 마음, 영혼이 균형을 이루어야만 돌아가는 세 발 자전거와도 같다.

건강을 위해서 우리는 식사와 운동에 신경을 쓰고 몸 상태를 알기 위해 정기검진을 받으며 명상·여행·취미활동 그리고 신앙 생활을 통해 영혼의 안녕을 꾀한다. 마음을 위해서 우리가 하는 일은 무엇인가. 마음은 마치 우리의 생활을 비춰주는 거울 같은 것이라 믿고 그 위에 구름이 비낄 때나 햇살이 비칠 때나 그래서 침울해지고 명랑해짐에 수수방관할 수밖에 없다고 믿고 사는 것은 아닐까. 육신의 건강을 위해 정기진단이 필요하듯 규칙적인 마음 검사를 통해 통전적인 건강을 지향함이 현명하다. 진단의 영어 단어인 다이아그노시스(diagonosis)는 철저히 꿰뚫어 안다는 의미다. 명경을 대하듯 자신의 마음을 들여다볼 수 있기까지 싸매 둔 마음의 염증과 상처를 하나하나 풀어 낫게 할 때이다. 고름이 살 되는 일은 없다지 않던가.

극약 처방

긴장과 초조는 시간을 의식하며 쉴새없이 뛰고 있는 현대인들의 공통된 마음 상태일 것이다. 너나 할것없이 최대의 스피드로 질주하듯 분주한 일정을 살아내고 있다. 왜 긴장하는가. 왜 초조한가. 대부분의 경우 우리는 하찮고 사소로운 일에도 습관적으로 심각하게 대응하며 살고 있음을 깨닫게 된다. 그것이 언짢은 일 일라치면 거의 필사적으로 따지고 목숨을 건 사투를 벌인다. 긴장과 초조는 두려움이 빚어내는 파장이며 무언가 잃을 수 있는 것에 대해 전전긍긍한 마음 상태다. 집착하고 아끼는 것이 많으면 많을수록 그에 따른 불안과 두려움은 커지기 마련이다. 소중히 아끼는 것이 무엇이며 어떤 것에 집착하는 가는 또한 그 사람이 어떤 류의 사람인가를 재는 척도가 된다.

오랫동안 소식 없이 멀리 가 있는 지인이나 밤늦도록 돌아오지 않는 가족을 기다릴 때의 초조함이 온갖 불안한 예감과 함께 멈추지 않을 때 최악의 경우를 생각해 보고, 차츰 그보다 나은 경우로 생각을 바꾸어 가면 뜻밖에도 마음의 평정이 찾아진다.

새로운 사업을 구상하면서도 두려움에 결정을 못 내리는 고통 가운데 있을 때 그 사업이 실패했을 최악의 경우를 생각해 보고 그 시점에서부터 다시 고려해 보면 마음이 안정된 가운데 결정이 가능해진다. 철저한 실패는 무엇이든 다시 해볼 수 있는 자유를 부여한다. 더 이상 잃을 것이 없는 사람에게는 아무것에도 얽매이지 않는 자유가 있다. 무언가 잃었을 때 새로운 기회도 함께 주어진 것임을 증명할 수 있는 사례는 수없이 많다.

헬렌 켈러는 행복의 한 문이 닫혔을 때 다른 문이 열리나 우리는 닫힌 문을 너무 오랫동안 바라보고 있기 때문에 열린 다른 문을 보지 못하고 산다고 했다. 지금 이 순간, 우리를 위축시키는 두려움은 무엇인가. 실수·실연·실망·실패……. 그 모든 것의 최악의 상황인 죽음을 고려한다면 이 세상의 그 어떤 것도 다 사소한 일일 뿐이다. 그렇다면 사소한 일을 두고 왜 두려워하는가. 매사에 극약 처방을 해둠직하다.

화병

미국 심신의학협의회는 육체적인 병의 92%가 마음의 병에서 기인된다는 발표를 한 바 있다. 가슴속의 상처, 마음에 쌓인 한이 평화를 쫓아내고 불면을 초래하며 화를 끓이게 함으로써 얻은 병을 우리 선친들은 화병이라고 불러왔다. 영어권에서도 화병을 우리 발음 그대로 써서 문화 특유 증후군의 하나로 인정하며 한국 민족의 '분노 증후군'으로 정의한다.

마음의 병의 근원인 한 서린 사연들의 배후에는 가해자와 피해자가 있고 각각 죄의식 내지는 용서받음으로써 해결될 수 있고 가슴에 맺힌 울화는 가해자를 용서할 수 있을 때만 삭여질 수 있다.

영어로 '멀리 보낸다'는 어원을 가진 용서가 가능하지 않다면, 바로 용서할 수 없는 그 상대가 우리 마음에 집을 짓고 살게 함과 같다. 싫고 미운 대상을 가슴에 떠안고 사는 고통이 어떠하겠는가. 어떠한 경우에도 최소한 용서할 수 없음으로 자리한 우리 안의 화나 원한과는 분명한 지적에 따른 화해가 필요하다. 화해란 있는 것의 존재를 인정할 때 가능하다. 무엇이 우리를 가장 화나게 하는가. 그것이 무엇인지를 지적할 수만 있어도 그로부터 벗어날 수 있다. 죄의식은 어떤가. 사과하고 화해할 수 있다면 그로써 용서받을 수 있는 일이겠으나 이미 때늦은 일이라거나 너무 막연해서 짚고 넘어갈 수 없는 일이라면 자신과의 화해가 중요하다. 죄의식의 경우 인간은 누구도 완벽하지 못하며 우리가 꿈꾸는 인간상에 미치지 못하고 살 수밖에 없는 존재임을 인정하는 것이다. 우리가 가진 인간적인 한계를 인정할 때 울화와 죄책감, 용서함이나 용서받음의 함수 관계를 헤아리게 되고 화병을 다스릴 수 있다.

일찍이 노자는 병을 병으로 알 때만 병이 아니라고 했다. 또 성인은 병을 병으로 알기 때문에 병이 없는 사람이며 자기의 결점을 받아들임에 어려움이 없는 사람이라 했다. 화병의 진단이 요구되는가. 바로 심리대화가 필요함이다.

심리보험

　장차의 어려움이나 당황스러운 상황을 위해 우리가 준비할 수 있는 마음가짐은 어떤 것일까. 살면서 우리가 겪는 스트레스의 대부분은 우리가 주변의 상황을 조절할 수 없음에 있다. 무언가 끊임없이 진행되는 삶 속에서 지위 고하를 막론하고 우리는 인생사를 주관하는 입장이기보다는 당하고 수용하는 자의 입장으로 살기 마련이다. 한편으로, 주변 일들을 마음대로 통제할 수는 없지만 그것을 어떻게 보고 받아들이냐는 전적으로 각자의 선택에 달려 있다. 우리가 겪는 고통의 많은 부분은 어려움의 결과이기보다는 그것을 수용하는 우리의 태도에서 기인된 게 많다. 진흙탕에 빠진 때처럼 지금 우리가 어려움 가운데 있다면 현재 우리의 모습을 몇 개월 후나 혹은 몇 년 후에 돌아본다고 가정해 보거나, 더 나아가 정년 퇴직 후나 80세쯤 되었을 때를 고려해서 볼 수 있다면 우리는 바로 '신의 척도'를 가진 것이다.

　오늘의 비극이 내일에 가서는 농담거리일 수 있다는 말이나 클로즈

업 상태에서는 비극된 인생이 롱샷으로 보면 코미디라고 한 말은 신의 척도에서 본 인생을 묘사한 것이다.

우울증이나 자살 충동을 가진 사람들의 공통점은 한 측면에서 생각이 고정되어 전체적인 그림을 볼 수 있는 균형을 잃었다는 데 있다. 어려운 상태나 당혹스러운 사태를 만날 때 우스개 소리를 연출할 수 있는 유머 감각은 성숙한 사람들이 가진 방어 기제 중의 하나이며 건강한 심리를 보장해 주는 보험 같은 것이다.

웃는 얼굴은 경망하고 심각한 얼굴을 무게 있다고 보는 우리 문화에 심리보험을 들어야 한다. 어려울 때 문제를 보며 웃을 수 있는 여유를 가지는 것이다. 인생은 바로 새옹지마라고 하지 않던가.

마귀 탓

심리대화 치료에 임하다 보면 정신적인 것과 영적인 질환 사이의 경계가 불분명한 탓에 이해가 안 되면 마귀의 장난으로 추측하는 종교인들을 흔히 대하게 된다. 잘 아는 사람으로부터 기대치 않은 면을 거듭 경험하거나 상식적으로 납득할 수 없는 행동이 지속적으로 반복되는 것을 볼 때 종교인들은 흔히 마귀를 의심한다. 문제가 주로 성(性)적인 측면과 관련된 게 많은데 그런 경우 음란 마귀의 소행이라고 일컫는다. 믿고 싶지 않은 것을 부인하는 부정(否定)이나 누군가의 탓으로 돌리는 전위(轉位)는 사람들에게서 흔히 나타나는 방어 기제다.

중세기 유럽에서는 정신 질환이나 정서적 장애가 마귀 탓이라고 판단되면 몸에 족쇄를 채워 감방에 격리시켰던 것도 사실이다. 신약성경에는 65번이나 마귀에 대한 언급이 있고 마귀의 존재와 그에 사로잡힌 사람들이 등장한다. 성서에 근거해도, 정서적 불안이나 환각을 경험하는 사람들과 마귀 들린 사람들 사이에는 분명한 차이가 있다. 그 하나는 마귀는 예수와 십자가를 끔찍이 여겨 피한다. 마귀 들린 사람은 설득한다고 해서 교회나 새벽기도에 따라 가지 않는다. 신앙심이 있고 그 체험을 열렬히 구하는 사람은 마귀가 들릴 수 없다. 둘째는 정서적으로 불안한 사람은 사람들을 피하고 움츠러드는 반면, 마귀는 사람들과의 연합을 적극적으로 꾀한다. 셋째는 정서적으로 불안한 사람들은 말이 부조리하거나 일관성이 없으나, 마귀 들린 자들의 말은 논리 정연하고 합리적이다. 넷째는 정서적으로 불안한 사람들은 정체성(Identity)과 현실면에서 혼동을 겪는 경우가 많은 반면, 마귀 들린 사람들은 정체성이 분명하고 현실감각이 뛰어나다. 끝으로 정신적으로 병든 사람들은 환각이 있고 심리치료로 치료가 가능하나, 마귀 들린 사람들은 기도와 금식을 겸한 축사 사역을 통해야 치료될 수 있음이다.

심리치료는 영적 영역과 밀접히 연관되어 있다. 심리대화치료인 사이코쎄라피(psychotherapy)는 혼을 가리키는 헬라어의 사이키(Psyche)와 치료의 뜻인 쎄라피(therapy)의 합성어이다. 심리치료는 스스로도 말 못할 점을 발견하게 하고 마음의 병을 고치는 데 목적을 두며 상호적인 의사 소통의 방법을 마련해 준다. 심리치료의 목적은 선을 행하고 사랑을 나눔으로써 복되고 즐거운 삶을 지향하며 성숙되고 풍요로운 인생을 도모하는 점에 있어 영적 생활의 목표와 일치된다.

감성지능(EQ)

내 아이가 귀하면 남의 집 아이도 귀하게 여길 줄 아는 게 당연하고, 내가 당해서 아픈 일은 남에게 있어서도 그러함을 헤아림이 당연한 논리일 것이다. 내 손톱 밑 아픈 건 알아도 남의 등창 썩는 것은 모른다는 속담은 인간사가 모두 이치대로 돌아가는 것은 아닌 바를 언명하고 있다. 남의 처지나 감정은 아랑곳하지 않고 자기 주장만 내세우며 혈기를 내는 사람들은 감정 이입 능력이 결여된 사람들이다.

감정 이입 능력의 부재는 폭력과 잔혹한 처사의 근원이기도 하다. 자기 것은 귀하고 남의 것은 함부로 취급하는 태도는 비단 이기적인 심성 탓만이 아니고 지능과 관련된 일이다. 감성지능은 1990년대 초 피터 샐로비와 존 메이어가 만든 용어로 자신의 감정에 대한 이해 및 감정을 조절하는 능력이며 다른 사람의 처지에 대한 감정 이입 능력을 가리킨다.

인간관계 및 사회 생활에서 성공적인 사람이 되는데 지능지수(IQ)

보다 감성지능지수가 더 중요한 관건임은 이론이 아닌 사실이며 당연한 귀결이다. 감정 소통이 안 될 때 사람 사이의 좌절감의 수치가 높다. 동전을 연거푸 삼키고 반응을 보이지 않는 밴딩 머신을 보면 그것을 발로 차거나 흔들고 싶은 욕구를 느끼는 게 모두의 심정이듯이, 감정 소통이 안 되고 다른 사람의 입장이 돼 느껴볼 줄 모르는 사람과 대면하게 되면 속에서 '악' 하는 비명이 터진다.

  불화를 달고 사는 사람이나 문제 부모는 대체로 감성지능이 낮은 사람들이다. 이들은 다른 이의 감정을 무시하고 존중하지 않거나 지나친 관용으로 상대방이 자신의 감정에 대처할 필요를 없게 만듦으로써 부정적인 영향을 끼친다. 반면 감성지능이 높은 사람은 사고와 느낌을 분리수거하는 일 없이 사고와 감정이 일치된 행동을 보인다. 감성지능을 재는 가장 간단한 예는 친밀한 언어 사용 능력에서 찾아진다. 다정하게 속삭일 때 속삭일 줄 알고 입 다물어야 할 때 침묵하며, 소리쳐야 할 때 소리칠 수 있는 사람이 감성지능이 높은 사람이다. 남자라는 이유 내지는 비위 없음을 내세워 상황 불문하고 볼멘 목소리로 동사 몇 개 나열하는 것으로 대화 끝인 사람은 개성을 논하기에 앞서 지능을 의심할 일이다. IQ건 EQ건 간에 지능이 낮다는 것은 가문의 영광을 가리는 일 아닌가.

감정 아울렛(Outlet)

무채색의 옷을 주로 입는 탓에 유치원생이던 딸아이로부터 스왐피(습지) 색상을 좋아하는 사람이라는 딱지가 붙었던 나는 언제부터인지 아주 못 봐주게 푼수 같아 보이는 색깔 두어 가지만 빼고는 다양한 색을 차별 없이 두루 입게 되었다. 나이가 들어가는 탓이기도 하겠지만 아울렛을 이용하게 되면서 생겨난 경향이라고 보아진다. 흰 셔츠에 무채색 하의를 입는 게 아직도 가장 마음에 합당한 복장이긴 하지만 아울렛에서만 찾아지는 품질과 가격의 선점으로 때론 대담하고 어구낭창한 옷가지를 택해서 입기도 한다. 아울렛에 가는 것은 그래서 틀에 짜여진 고정관념을 기꺼이 벗어나게 하는 매력이 있다.

아울렛 매장의 고객인 나는 직업상 어떤 면에서는 감성의 아울렛 매장을 열고 있는 사람이다. 텔로스(Telos) 클리닉의 텔로스는 그리스어로 성숙과 탁월성과 온전한 것을 목표로 향해 가는 것을 뜻한다. 신체적, 경제적, 정신적 위협을 인생에서 경험하는 세 가지 큰 어려움으로 친다. 문명이 발달한 오늘날의 현대인의 생활에서는 가장 큰 위협과 위험의 요소가 정신적인 데 있다고 진단되고 있다. 가슴에 말 못하고 쌓아둔 말이나 감정을 토해내고 싶지 않은 사람은 없다. 가슴 속에 쌓인 것들을 얘기하고 나눔으로써 풀어내고 진단해 보고 그래서 가슴팍 구석구석을 환기시키는 일은 사람이 대화를 하면서 살아가야 하는 첫 번째 이유이기도 하다.

감성의 영어(emotion) 어원은 라틴어의 emovere에서 유래된 것이며 '밖을 향해 움직이다'는 뜻으로 운동과 변화의 속성을 의미한다고 한다. 삭혀지지 않고 묻어놓은 감정들은 어떤 형태로든지 우리의 가슴 밖으로 뛰쳐나오게 되어 있음이다. 감정 표현에 어려움을 가진 사람들 가운데 자상(自傷)의 경향을 보이는 사람들이 있다. 신체적인 자해(自害)나 여러 유형의 사고(事故)를 통하여 발산되지 않고 해결되지 않는 감정의 출구를 찾는다고 진단되는 유형의 사람(accident-prone personality)이다. 사고를 자주내는 사람들은 본인이 그것을 의도하는 것은 결코 아니나 무의식적으로 감정적인 불안정이나 감성적 해소의 필요가 있는 사람들인 경우가 많음이다. 늘 화를 내거나 사고를 잘 내거나 스스로를 학대하는 사람들은 감정적으로 한 가지 색만을 고집하는 사람들이다. 감정적 아울렛을 찾을 수 있다면 다양한 선택의 가능성을 발견할 수 있을 것이다.

경청(傾聽)

차를 타고 가다가 옆 차를 보거나 레스토랑이나 상점에서 함께 있는 사람들을 관찰해 보면 한눈에도 그들이 데이트족인지 신혼인지 혹은 수년 이상 결혼한 커플들인지 확연하게 감이 온다. 말을 하지 않아도 서로 눈을 마주 보고 있거나 식탁 밑으로 발이라도 대고 있는 사람들은 대부분 데이트를 하는 사람이거나 아주 드물게 서로를 경청하고 사는 부부일 수 있다. 오랜 배우자들은 어쩌다 마주 대하면서도 눈을 마주치지 않고 건성으로 바라보거나 하루 평균 10~20분간의 대화로 그친다는 통계가 있다.

좋아하는 사람은 그에 대해 아는 것이 많은 사람이지만 사랑하는 사람은 그에 대해 알고 싶은 것이 많은 사람이라고 하는 말이 있듯이 우리는 가슴 깊이 들어와 있는 이에 대해서는 그가 하는 한마디의 말도 놓치지 않고 들으려 하고 그 의미 또한 숙고한다. 신학자인 폴 틸리히는 사랑의 첫 번째 의무는 경청이라고 했다. 조물주가 우리에게 듣는 귀를 두 개 허용한 반면 말하는 입이 하나인 이유는 듣는 것이 말하기보다 두 배로 어려운 일이기 때문이라고 한다.

사람의 마음을 사로잡는 이는 말을 잘 하는 사람보다 잘 들어주는 사람이다. 우리는 누군가 우리를 들어주기를 원하고 우리를 들어주지 않을 때 무시당하거나 홀대받는 느낌을 받는다. 서로를 진지하게 들어줄 때 각자가 스스로도 미처 깨닫지 못했던 면모까지 펼쳐 보이는 기회를 갖게 되며 우리는 우리 자신을 열어 보일 수 있는 대상을 만날 때 안정감과 행복감을 느끼게 된다. 우리 자신의 가감 없이 진솔한 모습이 상대방으로부터 그대로 인정되고 애정 어린 대접을 받을 때 그와의 관계가 특별하고 귀한 것임을 확인하게 된다.

다른 사람을 경청한다는 의미는 그가 전달하고자 하는 내용은 물론, 그가 가진 느낌이나 처해 있는 상황을 올바르게 이해하고 받아들여준다는 뜻이다. 다른 사람을 경청할 때 우리가 주의 깊게 들어야 할 것은 그 내용에 앞서 말하는 사람의 기분과 감정이라는 것에 유념할 필요가 있다. 경청은 사람 사이를 연결시키고 서로를 향해 마음을 열게 하는 마술적이고 창조적인 힘이 있다. 사모하는 이를 대하고 있다고 가정해 본다면 경청의 의미를 보다 쉽게 이해할 수 있을 것이다.

원시안(遠視眼)

　우리의 이민 역사가 길어지면서 세대 간의 문제나 불화로 인한 결과 보통 사람들이 이해하는 정도를 넘어서 형제 자매간의 절연이나 부모 자식 사이의 관계의 단절과 같은 극단적인 경우로 나타나고 있다. 복장 이나 스타일, 가치관의 차이를 포함한 문화적 차이가 있음에도 불구하 고 부모들은 자신들이 경험한 것과 같은 방식을 자녀들에게 부여하려 하고, 차세대의 사람들은 자신들이 처해 있는 또래의 문화에 동화해서 그를 쫓아가려고 하기 때문에 기성인들과의 사이에 다툼이 생긴다.

　자녀는 부모와 한 팀으로 존재한다. 자녀에게 있어 부모는 자신들의 가치를 비추어 보는 거울 같은 존재다. 부모가 자녀들을 향해 보여주 는 반응과 관심, 언행을 근거로 자신들에 대한 가치를 부여하고 평가 하게 되기 때문이다. 똑같이 열악한 환경에서 자란 사람 가운데서도 어려움과 시련을 비교적 잘 극복하는 사람과 그렇지 못한 사람이 있 다. 그들 사이의 차이점은 자긍심(self-esteem) 즉 내적으로 느끼는 안전감(inner-security)에 있다. 윌리엄 제임스는 일찍이 각자의 자긍심 즉 내적 안전감은 성취도를 기대치로 나눈 값과 같다고 설명했다. 어려움을 극복하게 하는 힘의 근원인 자긍심은 또한 최선을 다 했으면 그 결과에 만족할 줄 아는 태도이기도 하다. 자녀들의 장래를 위한 나머지 그들 각자의 능력을 고려하지 않고 무조건 잘 할 것을 요구하고 지나친 기대를 거는 것은 되려 그들에게 심리적 안정감과 자신감을 잃게 하는 해를 끼친다.

회남자에 먼 재난을 예고하면서도 가까운 근심은 모르는 까치의 일화가 나온다. 흰부리까치는 봄이 오기 전에 미리 여름과 가을에 큰 바람이 불 것을 내다본다고 한다. 그러한 재난을 막기 위해 꼭대기에 지었던 둥지를 낮은 나뭇가지로 옮기는데 그로인해 둥지는 바람에는 피해를 받지 않게 되지만 대신 땅과 가깝기 때문에 사람들의 손을 타서 새끼들을 빼앗기거나 아이들의 장난으로 알을 깨는 불상사를 당하게 된다. 자식의 미래를 걱정해서 하는 잔소리와 자녀에 대한 이해가 없이 일일이 간섭하는 것을 관심을 보이는 일로 착각하는 부모 때문에 자신감을 잃고 사람에 대한 원한과 적대감을 가진 자녀들이 생겨나는 것을 고려할 때 먼 재난을 피하려고 서둘러 더 큰 화를 초래하는 어리석음을 저지르는 까치의 교훈을 새겨 볼 만하다.

두려움과 죄

관계 속에서 어려움이 생기는 이유는 크게 두 가지를 들 수 있다. 하나는 질시(嫉猜)의 감정이고 다른 하나는 소유욕과 관련한 두려움이다. 이미 기득권을 가진 사람은 유능한 사람들의 등장을 꺼린다. 경쟁적인 사람들은 자신과 직접적인 관련이 없는 일에 있어서도 누군가 무대의 중앙에서 꽃다발을 받는 것을 볼 때마다 불편해지고 새삼 자신의 처지를 서글퍼한다.

소유하고 있는 것이 많은 사람은 잃는 것에 대한 두려움이 있다. 인간관계나 역사적인 사건들을 두고 볼 때, 일을 왜곡시키거나 순리를 저버리고 갈등과 파란의 장면을 몰고 오는 사건의 배후에는 인간들이 저마다 가진 싱거울만치 단순한 두려움이라는 요소가 있다. 사람들은 자신이 가장 두려워하는 것을 가장 강력하게 통제하고자 열망한다. 내향적인 사람의 두려움은 일종의 피해 망상증으로 표현되는 반면 외향적인 사람은 공격적인 형태를 보인다.

자신들의 무지가 드러나는 것이 두려운 아테네인들은 소크라테스를 사형에 처했다. 사두개인들이나 헤롯 당원들이 강퍅한 마음을 갖고 극단적으로 예수를 대적한 것도 두려움 때문이었다. 많은 죄와 악은 두려움의 결과다. 두려움이 있는 사람은 주변에 보이지 않는 철책을 친다. 두려움은 심장을 얼게 하여 모든 생명의 활동을 정지시킨다. 두려움은 사랑하거나 사랑을 받는 것을 불가능하게 한다. 정지된 활동은 처음에는 통제된 것으로 보여질 수도 있겠으나 그것의 끝은 사망이다. 체면의 손상이 두려운 나머지 잘못을 변명하는 사람들은 거짓말이나 허위를 말하는 죄를 범하기 쉽다. 두려움은 흔히 자신의 이익을 위해 자신의 행위를 정당화시키고 사실을 왜곡시키게 하는 구실이 된다.

영어로 진실(truth)을 가리키는 그리스어 aletheia는 청산 또는 청소라는 의미를 가지고 있다. 진실은 때론 무성한 소문들을 깨끗하게 일소시키기도 하고 미움을 이해로 바꾸어 놓기도 한다. 두려움이 없는 사람은 없다. 성경에 두려움을 축출할 수 있는 것은 사랑이라고 했으며, 사람을 사랑하는 것이 우리 조상들이 우리에게 키우라고 강조한 덕(德)이다. 처해있는 시점에서 자신이 가진 가장 큰 두려움이 무엇인가를 인지할 수 있는 사람은 현인(賢人)이며 이것을 인정하고 직시할 수 있는 사람은 용자(勇者)다. 죄는 두려움에서 비롯되나 두려움은 덕으로 이겨낼 수 있다. 덕인(德人)이 되어야 하는 이유가 분명하지 않은가.

유활(流活)

얻고자 하는 이윤의 창출을 위해 투자하고 일하는 것이 비즈니스라면 인생이라는 비즈니스는 각자의 이상에 따라 적절하고 풍요롭게 사는 것을 목적으로 하는 일일 것이다. 인생에서 이윤을 남기며 풍지게 잘 산다는 의미는 무엇일까. 톨스토이는 그의 나이 50세 때 스스로도 인정하는 좋은 아내와 자녀를 두었고 부와 명예, 찬사가 쏟아지는 인생의 위치에 있었음에도 자신이 믿고 산 내면의 한 부분이 부서져 있는 것 같다는 고백을 했다. 인생의 절정에 선 듯한 자리에서 그는 더 이상 인생을 어떻게 살며 무엇을 위해 살아야 할지 막막한 순간이 찾아들어 자신이 하는 어떤 일에도 의미를 부여하기 어렵다고 토로했다. 목적한 방향을 향해 한 눈 팔지 않고 열심을 다해 경주해온 삶 가운데서 갑자기 탈진하는 경험을 해본 사람이라면 톨스토이의 심정을 헤아릴 수 있을 것이다.

심리학자 치크센트미할리(Czikszentmihaly)는 인간이 자신의 능력을 모두 쏟아 부으면서도 힘이 안들고 시공을 잊는 행복의 경지에 있는 것을 유활(流活)이라고 표현했다. 일에 전력 투구하는 동안 도취의 칵테일인 도파민과 콜레시스코키닌이라는 호르몬의 결합으로 사람이 경험하는 최고조의 단계를 경험한다는 것이다. 일을 통해서만 유활을 경험하는 사람들은 일중독(workaholic)일 가능성이 크다. 그들은 끊임없이 무언가에 도전하며 부단히 노력하지 않고는 삶의 에너지를 느끼지 못한다. 일상에서 유활을 유도하는 것은 화목한 인간관계이며 나아가 사랑이다. 사람들은 자기가 하는 일에 의미를 부여해 줄 누군가를 필요로 한다. 관심을 주고받고 사랑받으며 또한 사랑해 줄 대상이 없는 인생은 이윤과는 무관할지라도 끊임없는 투자를 요한다.

영혼의 지경(地境)과 표현이 무한해지게 하는 대상인 영혼의 반려(soulmate)를 찾을 때야 인생은 비로소 성공적인 비즈니스에 임하게 되는 것인지 모른다. 나다니엘 호오돈이 그의 약혼녀에게 보낸 편지글을 읽으며 그 약혼녀보다도 나다니엘 호오돈을 부러워하게 된다. "내가 그대를 진심으로 사랑하는 것을 그대도 알거니와 내가 그대에게 하고 싶은 말은 그대에게는 경외감과 함께 내 영혼을 채우는 무언가가 있어 내 사랑을 종교에 이르게 한다는 것입니다." 사랑을 아는 영혼이야말로 인생이라는 비즈니스에서 성공한 이가 아니겠는가.

사모사(思慕思)

　혼자 있는 것이 두려운 사람들은 그것을 외로움 때문이라고 생각하거나 자신이 나약한 탓이라고 믿는다. 그러나 혼자인 것을 두려워하는 진정한 이유는 무엇보다도 자기가 가진 생각을 두려워함이다. 파스칼은 인간이 혼자서 방에 조용히 앉아 있을 수 없는 데서 모든 비참함이 기인된다고 설파했다. 마음은 집에 가족이나 손님들이 들고나듯이 익숙하거나 낯선 생각들이 수시로 드나드는 곳이다. 오가는 생각들 가운데는 초대된 손님처럼 예견된 경우가 있고 뜻하지 않은 이방인 같은 것도 있다.

　우리는 끊임없이 우리의 생각과 교제를 나누고 있다. 우리는 같은 사물이나 사람을 두고도 때에 따라 다른 판단을 하며 우리 자신과 끊임없이 말을 하고 있는 존재다. 어떤 일을 당하면 그것이 우리에게 무슨 의미인가를 스스로에게 해석해 주고 그에 따른 감정을 가진다. 장차 무슨 일이 있게 될 것인가를 추측해 주는 목소리가 있는가 하면 다른 사람들 앞에서 어떻게 행동할 것인가를 미리 들려주기도 한다. 우리는 동시다발적으로 여러 의견과 판단을 제공하는 다양한 사고를 하고 있는 것이다.

우리가 가진 생각들과 어떤 관계를 갖는가에 따라 우리의 자신감과 자긍심의 정도가 결정된다. 자신의 생각을 불신하고 불만하는 사람은 비판적이고 부정적인 사람과 늘 붙어 지내는 것과 같다. 따라서 안정을 얻기 위해서는 또 다른 누군가로부터 긍정적인 평가와 인정을 받아야만 한다. 필요하거나 원하는 것이 있게 될 때 그 생각에 집착해서 다른 것을 고려할 만한 여유나 인내를 가지기 어렵다면 그가 가진 생각이 그의 안에서 독재자와 같이 군림하는 탓이다. 생각할 게 많고 그것을 좋아하는 사람들은 혼자 있는 것을 선호한다. 여러 생각이 무차별적으로 마음을 치고 들어올 때 사람들은 혼란에 빠지고 불안해진다. 사는 목적과 사명감이 상실된 이는 잘못을 저지르기 쉽고 그런 이들로 구성된 사회는 허무하고 퇴폐적이기 쉽다.

혼자 있는 것이 싫고 두려워진다면 자문해 보아야 할 게 있다. 무엇을 위해 살아 왔는가. 무엇을 위해 살 것인가. 그리고 내 안에 깃든 생각들은 어떤 연유로 내게 왔는가. 사고를 존중하는 것은 철학의 시작이고 사유(思惟)하는 이는 혼자 있어도 물상을 분별하고 정토(淨土)를 관망하는 이다.

정신 건강

    신생아의 건강 상태는 잘 먹고 잘 자고 변을 잘 누는 것으로 파악된다. 성인의 건강한 정신 상태는 위의 세 가지 조건과 함께 하는 일 잘하고 가족이나 주변 사람들과 화목한가 하는 데 있다. 건강한 몸은 병균이 침입했을 때 이를 물리칠 수 있는 면역력이 있고 건강한 정신은 문제가 생겼을 때 그 문제를 잘 다룰 수 있는 상태를 말한다. 지혜나 경험을 통한 깨달음은 일종의 예방 접종과도 같아서 사는 거 별거 아니다고 대범하게 대하는 사람들은 어려운 일에 대한 심적인 항체가 강한 사람들이다.

    영어권에서는 Y로 끝나는 단어의 상황에 잘 대응하고 이에 따른 처신을 잘 하도록 하면 정신 건강에 박차를 가할 수 있다고 본다. 즉 화날 때(angry), 서두를 때(hurry), 미안할 때(sorry), 걱정될 때(worry) 등이며 이런 경우에 우리는 중심을 잃거나 평소의 우리답지 않은 처세를 한다. 곤경에 처하거나 당황한 순간에 드러나는 것이 바로 깊이 감추어져 있던 본색이거나 알면서도 스스로 부인해온 기질일 수 있다. 성인에게 나타나는 각종 노이로제가 어렸을 때 가졌던 걱정이나 불안감을 어떻게 이해하고 해결했는가 하는 것과 밀접한 관련이 있음도 이를 뒷받침하는 한 예이다.

이유를 댈 수 없는 가운데 심기를 불편하게 하는 불안감은 그 사람을 보호하기 위해 몸으로부터 시작된 보호 작용이라고 볼 수 있다. 정신 건강에 문제를 일으키는 요소들 가운데 가장 흔히 지적되는 것은 불안감 외에도 스트레스가 있다. 이것은 정신적인 긴장감과 압박감을 뜻하기 때문에 가장 큰 해결책은 역시 마음의 자세에 달려 있다고 판단되고 있다. 걱정하다는 뜻의 영어의 어원은 질식시키거나 압박한다는 의미의 것이라고 한다. 할 수만 있다면 스트레스를 주는 대상으로부터 마음을 비우는 일과 낙관적인 태도를 가지는 것이 해답이다. 그 외에 초조감·갈등·열등 의식 등이 우리의 정신 건강 상태를 해치는 요소들이다.

인간사가 복잡한 것은 우리의 정신 건강 상태와 밀접한 연관이 있다. 대체로 가정이나 직장, 사회 생활에서의 문제는 문제 자체가 문제되기보다는 관련된 사람들의 정신 건강 상태에 따른 병적 현상이기 때문이다. 누구와 불화하고 있다면 자신의 정신 건강 상태를 점검할 일이다. 그것은 감기나 암처럼 정신적인 병의 다른 이름이므로.

반동형성(Reaction Formation)

평소에 파리 한 마리도 죽이지 못하고 피만 봐도 몸서리를 치는 사람이 누구도 믿지 못할 만큼 잔혹한 범죄를 저지르는 경우를 접하면 우리는 배신을 당한 우리의 이성 때문에 더욱 허탈해진다. 인간에게는 무의식의 영역이 있고 의식과 무의식의 비율에 있어 의식은 마치 빙산의 일각에 불과하다고 밝힌 이는 프로이드다. 환자들을 상담하고 치료하면서 의식에는 나타나지 않는 요소들이 시시때때로 복병처럼 출몰하면서 스스로도 이해가 안 되는 생각과 감정이 생겨나고 뜻하지 않은 행동을 하게 한다는 것에 착안한 연구 결과였다. 무의식의 발견으로 인간의 모든 행동의 배후에는 반드시 이유가 있다는 인과론적 결정론(決定論)이 심리분석학의 전제가 되었다.

무의식에서 자동적으로 일어나는 심리작용을 기제(mechanism)라고 하며 본능적으로 일어나는 충동을 조절하고 이때 생기는 불안감이나 스트레스로부터 스스로를 보호하기 위해 생기는 행동 양상을 방어기제(Defense mechanism)라고 한다. 방어기제는 자기 본위적인 특징 때문에 흔히 사실을 왜곡시키고 문제를 해결하기보다는 회피하게 하는 부정적인 측면이 있다. 여러 방어기제 가운데는 인류애나 유머, 승화 등 긍정적인 것도 있지만 십여 가지가 넘는 방어기제들은 거의 모두 부정적인 성향의 것들이다. 이 중 인간관계는 물론 사회적으로 심각하게 문제를 야기시킬 소지를 가진 방어 기제에 반동형성이 있다. 이는 말 자체가 시사하듯이 사실과 반대되는 태도나 행동을 하게 하는 심리 작용이다.

반동형성은 무의식적이며 의도해서 하는 것이 아니라는 점에서 의식적으로 가식을 행하는 위선과는 다르다. 억압하고 있는 충동과 극도로 반대되어 나타나는 성향이다. 흔한 예로, 사람들에게 쉽게 마음을 다치고 그에 대한 원한이 깊으면서도 누구에게나 상냥하고 친절한 소위 천사표 사람들이 방어기제를 가진 것이다. 속이 시끄러운 사람일수록 주변을 먼지 하나 없이 청소하고 종이 한 장 흐트러지면 안 될 만큼 정리해 두는 것이나, 스스로가 가진 불신앙과 의심에서 오는 불안과 위협이 있기 때문에 무의식적으로 더욱 교리에 엄격하고 광신적인 신앙을 보이는 사람들도 이에 해당한다. 눌러도 어느 순간 튕겨 오르는 스프링처럼 반동형성으로 제어된 충동은 시한 폭탄 같음을 고려할 때 자신을 철저히 파악해 가는 것이야말로 일생을 두고 풀어가야 할 과제라 하겠다.

영역(領域) 주장

　버스 안이나 비행기 안에서 혹은 정찬의 자리에서 우리는 각자에게 할당된 자리에 앉는다. 몸체의 차이가 있든 없든 한 사람당 한 좌석이 안겨진다. 계약이 얽힌 관계는 그 자리에 대한 경쟁이 있기 마련이며 궐석이 생기면 누군가 그 자리를 차지하고 들어간다. 직장이나 단체의 자리는 물론이려니와 결혼도 사회 계약 관계의 하나로서 부부간에 한 사람이 세상을 뜨거나 이혼으로 공석이 되면 경쟁적으로 그 자리가 메워지지 않던가. 재력이 있거나 지위가 있는 사람의 옆자리가 비게 되면 그 자리는 상당한 경쟁을 거쳐 메꾸어지게 된다.

　만사는 결국 자리 싸움인 셈이다. 인간사 전반이 어찌 보면 영역의 차지를 싸고도는 경쟁이다. 권력은 자신의 힘을 행사하는 영역의 유무와 그 반경의 크고 작음을 의미한다 하겠고, 자유는 자유하는 영역을 가진 것이다. 정신적인 치료는 그 사람에게 심적으로나 물리적으로 안전한 영역이 보장될 때 가능하며, 심리상담 치료는 안전하고 편안한 공간의 제공을 전제로 한다. 체격이 가늘어도 사지를 되도록 넓게 펴고 앉는 사람은 그만큼 자리를 많이 차지하기 마련이다. 자격이 갖추어지지 않았는데도 아무도 인정하지 않는 권위를 행사하려 애쓰는 사람은 가늘고 얇은 체격임에도 넓게 자리를 확보하려고 사지를 벌리고 앉는 사람과 같은 우스꽝스러운 형국이라 하겠다. 자신의 선호도에 대해 강경 발언을 하고 자신의 입장이나 처지를 강력하게 피력하는 사람은 그만큼 자신을 중심으로 반경을 크게 그리는 사람이다. 자신이 누구이며 무엇이 꼴불견이며 어떤 음식은 입에도 안 댄다는 식으로 단호하고 확고한 지론을 내세우는 사람과 함께 있으면 왠지 마음이 불편해지고 조심스러워지는 느낌이 들기 마련이다. 그것은 그 사람이 팔을 내저어 자신의 영역을 주장하는 만큼 자리를 내주고 물러서야 하는 것과 같은 이치이기 때문이다.

자신의 정황을 필요 이상 단호하게 표현하는 사람은 자신의 영역을 확고히 하는 것이 아니라 도리어 사람들로부터 스스로를 격리시키는 벽을 높이 쌓아 가는 외로운 사람이다. 사람들로부터 왕따를 자처하는 헛똑똑이다. 참으로 가치 있는 영역은 보이지 않는 곳에 있으며, 그것은 떼를 쓰거나 억지와 주장을 통해 차지할 수 있는 것이 아니기 때문이다.

제4부 일상의 삽화

겨울 향수 | 그리움의 배후 | 무조건적 역성 | 홀로서기 | 정신적 수입 | 끼짱―푼수기 | 자각의 분량 | 추신 | 플루백신 품절의 단상 | 두레박질 | 텃세 | 대오(大悟) | 순금도금의 장미(Golden Rose) | 빨간 구두 | 계획적 태만 | 4당(當) 5락(落)

겨울 향수

　어린 시절 우리 동네 사람들은 추수 후 김장을 하는 것으로 월동 준비가 끝나면 이웃 마실(마을) 다니는 재미를 누렸다. 남정네들은 동네 사랑방에 모여 새끼를 꼬거나 화투놀이 등을 하였고, 여자들은 따끈한 아랫목에 발을 묻고 양말을 깁고 뜨개질을 하였다. 농한기 때 하는 결혼식 같은 큰 잔치의 음식 장만에는 온 동네 여인들이 다 참여하였다.

　강정은 방을 뜨끈하게 달구고 온 방에 종이를 깔고 말려야 했고 산자는 가마솥 뚜껑 가득 차돌을 달구고 그 속에서 이루어낸 다음 조청을 앞뒤로 바른 뒤 쌀꽃을 붙여야 완성되었다. 쌀꽃은 나락을 튀겨 만드는 것이어서 큰 상 위에 널어 놓고 일일이 나락 껍질을 가려야 했으므로 노인이나 어린 우리들의 몫이었다. 동네에 잔치가 없을 때는 하루에 두부를 몇 솥씩 끓여 만드는 동네 말랑에 있던 두부집의 구들장 뜨거운 방 가득 사람들이 모여 김치에 두부나 비지를 싸먹으며 한담을 나누느라 작은 굿판이 벌어진 듯하였다. 땅 속에 묻은 독에서 퍼 내온 동치미와 비지찌개, 쌀밥 한 그릇으로 풍성해지던 겨울 식단과 집집마다 방 윗목 그득히 자리한 고구마 탑에서 나오는 고구마나 볶은 콩이 전부였던 우리들의 간식 메뉴. 단순하고 투박하지만 한가롭고 넉넉하던 고향 사람들의 겨울나기에는 금방 끓여낸 뚝배기 찌개에서 올라오는 훈김처럼 함께 어우러지는 다사로움이 있었다. 사시사철 구별 없이 청과물이 나오고 상점에 가면 각 나라의 음식물과 스낵이 즐비한 세상에 살면서 우리가 잃은 것은 무엇일까.

돈만 주면 무엇이든 즉석에서 구할 수 있고 사탕 한 가지를 사려 해도 열 손가락이 모자랄 만큼 선택의 여지가 많은 환경에서 사는 우리네 아이들이 동경하고 그리워하는 것은 어떤 것일까. 각자의 방에서 환상의 사이버 스페이스(cyber space)로 들어가고 천리 밖 사람과 화상 통화를 하는 시대에 사는 그들은 우리들 가슴 절절히 향수를 불러오는 옛 시인의 노래를 짐작이나 할 수 있을까. "기차가 지나가 버리는 마을, 놋 양푼의 수수엿을 녹여 먹으며, 내 좋은 사람과 밤 늦도록 여우나는 산골 얘기를 하면, 삽살개는 달을 짖고, 나는 여왕보다 행복하겠소."

그리움의 배후

인간 생존의 필수 요건인 의식주 중, 주거 환경은 여러 면에서 우리의 정신적 안정과 가장 밀접한 연관을 가진다. 종류야 어떻든 우리는 안전과 평화를 느낄 수 있는 공간을 원한다. 심리대화치료의 첫 번째 여건이 안전하고 우호적인 장소 제공에 있음도 같은 연유에서다.

지구촌 시대, 만사가 초고속으로 변하는 추이에 쫓아가기 바쁜 우리는 가족과 함께하는 공간의 의미가 편리함 이상은 아님을 본다. 우리 고유의 명절도 서양 명절도 어영부영 넘기는 우리와 아이들 사이에는 명절에 대한 애틋한 기억도 공유되지 않는다. 많은 이들이 대화의 결핍을 논한다. 부부간, 부모 자녀 간, 그리고 모든 관계상의 문제는 마치 의사 소통 문제가 주범인 양 알려져 있다. 대화는 명제가 있어야 한다. 관심도 일도 취미도 다른 사람끼리 나눌 대화가 무엇이겠는가. 대화에 앞서 우리가 가져야 할 것은 애정이다. 서로를 향한 그리움이 있으면 대화는 저절로 이어진다. 그리움을 공유하는 사람간에는 남다른 애정이 존재한다. 그렇지 않다면 동문회, 향우회, 같은 민족, 나아가 동시대인으로서의 유대감이 다 무엇이겠는가.

우리 그리움의 대상은 무엇인가. 고향, 사람들, 우리가 동경했던 것들에 대한 기억들, 그리고 불현듯 눈시울 가득히 그들을 불러오는 장치들이 있다. 귓전에 와 닿는 한 소절의 멜로디나, 친숙한 냄새, 어스름한 저녁 무렵 낯선 집에서 새어나오는 불빛 같은 것들이다. 그리움의 대상이 많은 사람은 정서적인 사람이고 그리움의 영역을 넓혀 가는 일은 삶을 윤택하게 하는 일이다. 그리움은 익숙한 것에 대한 기억에 근거한다. 우리가 함께 하는 공간이 내일의 그리움이 창조되는 곳이다. 쿠키나 빵을 구울 때는 되도록 아이들이 학교에서 돌아오는 즈음으로 시간을 맞추어 보면 어떨까. 문을 열면서 그들은 행복해지겠고 그것은 두고두고 엄마가 있는 집을 그리워하는 배경으로 남을 것이다. 대화가 적은 사람과 함께 하는 시간에는 잔잔한 음악을 배경으로 그 음악을 좋아하는 이유라도 나눈다면 언젠가 그들 가슴에 향수로 떠오르는 멜로디가 될지도 모를 일이다.

안전하고 아늑한 공간에 있게 될 때야 비로소 우리는 마음을 열게 된다. 그리고 먼 후일 그곳은 우리가 다시 돌아가고픈 그리움의 장소로 남을 것이다. 올해부터라도 추수 감사절을 명절답게 지내면 어떨까. 함께 그리움을 쌓아 가는 의식의 하나로서.

무조건적 역성

현대인이 가진 고뇌는 어디서 시작된 것인가. 시대적 사명감과 현실 생활의 갈등 같은 대명제를 잠시 접어 두더라도 여전히 해안을 따라 밀리는 파도처럼 밀려드는 외로움과 고독감의 정체는 무엇인가. 늘 떠나지 않는 모호한 죄책감, 때때로 어디론가 숨고 싶어지는 수치심은 무슨 이유에서인가. 돈과 명예, 가족이 있음에도, 전능한 신을 믿음에도 인간은 왜 무시로 외로움을 타는가. 우리는 지식인으로서, 사회인으로서, 부모로서, 또한 자식으로서 당위적으로 해야 할 일을 너무 많이 알고 있다. 아는 것이 많은 만큼 다른 사람의 시시비비를 지적함에 있어서도 초고속으로 빠르다. 웬만해서는 나도 남도 마음에 들지 않고 안으로부터 오는 자괴감과 밖으로부터 오는 서릿발과 같은 비판의 선뜩거림을 견뎌야 한다.

내게 마음의 고향으로 남아 우리 아이들에게도 이어지는 따스함의 근원은 외할머니이고 그분이 보여준 무조건적 역성이다. 장손집 큰며

느리이자 청상과부로 큰살림을 해오신 외할머니는 매사 처신이 분명한 여걸로 알려져 있었는데 한 가지 식구들이 이해 못하는 점을 가지고 계셨다. 이유 여하를 불문하고 당신의 손녀딸을 위해 드는 역성 때문이었다. 어쩌다 내가 울며 사립문을 들어설 때면, 외할머니는 시시비비를 가리지 않고 버선발로 달려 나가 당신의 손녀딸을 울린 이들을 호통쳐 주시곤 하셨다. 그 논리인즉, 인생사에서 시시비비를 따져 줄 사람은 천지사방에 널려 있지만 역성을 들어 줄 사람은 많지 않다는 것이었다. 따라서 잘잘못은 고하간에 당신이 아끼는 사람에 대한 당신의 몫은 역성 드시는 일이라는 소신이었다. 나는 내가 경험한 외할머니의 무조건적 역성을 기억하며 무조건적인 사랑을 이해한다. 당신의 아이가, 친구가, 그리고 배우자가 외롭다고 하는가. 당신이 해야 하는 일은 충고가 아니다. 그들의 외로움을 말없는 포옹으로 수용하는 것이다. 왜냐고 물을 필요없이 그들의 외로움에 무조건적 역성을 들어 주는 것이다.

홀로서기

　왼쪽 가슴에 명찰이 걸린 하얀 손수건을 달고 가족의 손을 잡고 처음 학교에 가던 날을 기억하지 못하는 이는 아마 없을 것이다. 또래들 사이에 나란히 선 채 줄 따라 이동하면서도 몇 발자국 건너 서 있는 어른들 사이에서 고모의 얼굴을 찾아 내고 돌아보고 또 돌아보다가 기어이 눈물이 그렁해져서 발걸음이 뒤뚱거리던 순간은 설령 내게 치매가 찾아 든대도 남아 있게 될 기억이다. 아침마다 운동장 한쪽에 병아리들처럼 모여 있는 또래 아이들 속에 나를 놓아 주던 고모는 내가 또다시 닭똥 같은 눈물을 떨어트릴새라 안심하라는 손짓을 연신 보내며 돌아보아도 더 이상 보이지 않게 될 때까지 그 자리에 서 있곤 했다.

　시골에서 지방 도시로 유학을 갔던 중학교 시절에도 가슴속에 뭉클뭉클하게 올라오는 향수병으로 늘 멀미기 있는 사람처럼 속이 울렁거렸다. 월요일 새벽차로 마지못해 고향을 떠나올 때면 차창 곁으로 고향 가는 버스만 엇갈려 지나쳐도 뜨거운 눈물을 뿌렸다. 어쩌다 고향

마을에 가는 친지를 보면 그의 신발에 묻은 먼지까지 부러워질 만큼 구체적이고 절절한 그리움이 일었다. 그렇듯 낯설음을 삭이는 단계를 거치며 살았음에도 비행기 안에서 내내 어깨가 들썩이도록 눈물을 펑펑 쏟아내고야 오헤어에 발을 디뎠다.

십수 년이 흘러도 해질녘이면 여전히 썩 삭지 않은 낯설음이 건드리면 툭 터지는 봉숭아꽃 씨방 마냥 눈언저리로 얼얼하게 차올랐다. 그래도 석양빛은 어디에서건 한결같이 고향에서 나던 저녁 나절 같은 행복한 착각을 일으켜서 좋았다. 그러던 어느 날 나뭇가지 사이로 보이던 이웃 지붕들 너머로 고개 넘어 고향과 이어지던 이웃 마을이 연상되던 순간 어디에 있든 그리워하는 것은 가까이에 있다는 깨달음이 왔다. "눈이 부시게 푸르른 날은 그리운 사람을 그리워하자."고 노래한 서정주 님의 시처럼 어디서고 그리운 것은 그리운 그대로 내 안에 살아있음을 인정하자는 편안함이 왔다. 이제 곧 큰 아이를 대학 기숙사로 떠나 보내면서 홀로서기를 위한 준비 사항의 하나로 그리움에 대해 말해주려 한다. 그리움은 참아내야 할 부담거리가 아니고 노을처럼 아름다운 생의 여운으로써 인정하고 동행해 가야 할 것임을. 홀로서기는 무엇보다도 그리움을 잘 치리(治理)하는 일로부터 시작해야 하는 일임을……

정신적 수입

11월의 내 어린 시절 고향집은 연일 잔치마당 같았다. 처마 밑으로 남포등이 여러 개 밝혀 있는 가운데 어스름하도록 일꾼들은 넓은 마당 서너 곳에 볏단들을 쌓기에 여념이 없었다. 활짝 열린 대문으로 등짐 가득 볏단은 끊임없이 들어오고 집채만하게 나락 탑이 올라가고 있는, 마당 가득 왁자지껄한 말소리와 웃음소리가 채워졌다. 그렇게 쌓아올려진 볏단은 다음날부터 마당에 둥글게 설치된 홀테에 의해 훑어지고 나락을 훑는 아낙들 뒤로 돌아가며 머슴들과 일꾼들은 새로운 볏단을 날라다 주고 볏짚은 묶어 내갔다. 타작마당은 된서리가 오도록 때론 눈을 털어가며 할 만큼 나날이 계속되고 그런 날들이 철모르는 우리들에게는 풍성한 샛거리 음식과 함께 흥겨움으로 들뜨게 하던 계절이었다.

미국에 와서 수년 간은 추수 감사절만큼 쓸쓸한 날이 없었다. 모든 상점이 닫히고 심지어 그로서리까지 닫혀진 감사절의 오후는 서럽기까지 했다. 언제부터인가 추수 감사절마다 20파운드가 넘는 칠면조를

굽기 시작했고 음식을 장만하는 동안 아이들은 으레 추수 감사절을 맞는 집안 대청소를 하는 것이 행사가 되었다. 다른 때와는 달리 아이들은 설레임으로 즐거이 대청소에 임하고 그들이 만드는 즐거운 소음이 잔치전야를 느끼게 한다. 우리 집에 와서 감사절을 몇 번 지낸 친구들의 아이들은 추수 감사절이 돌아오는 때면 우리 집에서의 모임을 기억해내고 가고자 하는 곳이 우리 집이 되었다는 말을 친구들로부터 전해들으며 남포등이 따스하게 어둠을 밀어내던 고향집의 마당과 그리운 사람들을 생각했다. 몇 사람의 마음에 한 순간이라도 고향처럼 떠올려질 수 있음은 무엇으로도 환산할 수 없는 정신적인 수입을 안겨준다.

며칠간의 감기 몸살에 이어 타지에서 열린 학회에 참석하느라 부르튼 입술과 초췌해진 모습을 보고 집에 들어서던 친구들은 여전히 손님을 불러들인 내 미련함을 나무랐지만 나는 오히려 그들과 훌쩍 자라 이제는 부모 뒤에서도 고개 하나가 더 큰 그 자녀들의 방문이 고마울 뿐이다. 작은 수고를 주고 대신 가슴 가득 채워지도록 그들이 내게 주는 정신적인 수입이 귀한 까닭에.

끼짱—푼수기

하루 동안의 자동차 여행(roadtrip)을 위해 새벽부터 일어나 김밥을 쌌다. 부산함을 떤 덕택에 예정지를 돌아 예상보다 일찍 집에 돌아온 것을 신기해하며 쉬는 김에 옷까지 아예 잠옷으로 바꿔 입었다. 어렴풋이 들려오는 피아노 소리에 설핏 들었던 잠이 깨었다. 평소에 피아노 연습을 곧잘 하는 아들 녀석이 늘 신통하던 터였다. 순식간에 이층 계단을 통통거리며 뛰어 내려가서 쨔—안 하며 굴렀던 몸을 쭈욱 펴는 순간, 아뿔사 내 눈 가득 들어온 것은 놀란 얼굴의 피아노 선생이었다. 야한 실크 잠옷을 입고 타잔 흉내를 내는 여자가 네 엄마니?라는 소리가 행여 들려올까 싶어 핑하니 자리를 피했다. 동서로 분주한 모습을 눈여겨 본 다른 식구들이 영문을 물어왔다. 글쎄, 그게 말인데. 에라 숨길 건 또 뭐 있나 싶어 애시당초의 내 의도와 사건의 결말을 말하기 무섭게 박장대소가 터졌다. 또야? 다른 일로 식구들의 폭소를 자아낸 게 불과 한 이틀 전이었다.

아는 이로부터 골프돔에 연습하러 나오라는 전화를 받고 아들 녀석을 구슬러 데리고 나갔다. 몇몇과 인사를 마치고 신발을 바꿔 신는 순간 터지는 웃음에 스스로 못 견뎌 땅에 주저앉으며 깔깔거리자 주변 사람들이 몰려들었다. 어리둥절해 하는 이들에게 갈색과 검은색의 짝짝이 발을 가리키자 파안대소가 일었다. 색깔만 다른 똑같은 신발인 탓에 볼 때까지 차이가 없었던 것뿐인데 뭐. 집에 와서 사건의 내막을 전하자 짝발을 숨기기는커녕 스스로 깔깔거리고 웃었다는 사실이 바로 푼수기를 대변하는 거라고 지적하는 식구들을 향한 나의 위풍당당한 변명이었다. 그리고 내친 김에 한 수 더 뜬다면, 20초 동안의 박장대소가 3분 동안 열심히 노젓기를 한 만큼의 운동 효과가 있는 만큼 사람들을 웃기는 푼수기야 말로 요즘 유행어인 "짱"에 해당하는 끼가 아니겠는가 말이다.

연설을 마친 뒤 콧노래를 부르며 내 하던 일을 향해 돌아서는 순간 딸아이 하나가 앞을 턱 막고 섰다. 그리고 정말 푼수처럼 양팔을 머리로 가져가며 하는 말 "엄마―사랑―유(엄마, love you)." 어릴 때부터 애교로 하는 그 애의 콩글리쉬 때문에 또다시 웃음이 터졌다. "소문만복래"라 하였으니, 역시 푼수기가 끼 중에 제일 아닌가.

자각의 분량

　몇 년 전 24시간 동안 수돗물이 끊긴 적이 있었다. 예고 없이 일어난 일종의 사고여서 여섯 명의 십대가 있는 우리 집엔 비상이 걸렸다. 아침마다 샤워를 하는 아이들은 재난이나 만난 듯 한숨을 쉬었지만 그보다 더 급한 것은 화장실이었다. 저녁 식사 준비는 눈 요리로 대치되었다. 커다란 솥에 고맙게도 계속 내려 쌓이고 있는 눈을 퍼다가 녹이는 일이었다. 먼저 네 군데의 변기 옆에 물 한 수대씩을 비치하는 일부터 시작해서 식수를 제외한 허드렛물을 만들었다. 새하얀 눈을 솥 안에 꼭꼭 재이며 재밌어라 하는 내 허장성세에 넘어가 짜증을 내던 아이들도 판판해진 얼굴로 눈 녹이는 작업에 동참하기 시작했다. 우리가 밤낮으로 너무도 당연하게 사용하고 누리고 사는 것이 어디 물뿐이랴. 대야 가득 목화꽃 같은 눈을 퍼다가 화덕 위에서 녹이며 우리는 우리가 누리고 사는 이름 없는 축복을 새삼 헤어려 보았다. 살아 있음, 불편 없이 숨을 쉴 수 있음, 먹고 싶은 식욕이 있고 먹을 수 있음, 아픈 데 없이 걸어 다닐 수 있음, 따뜻한 방에서 편안한 수면을 취할 수 있음, 파란 하늘을 볼 수 있음, 바람을 느낄 수 있음, 넘어졌다가 일어날 힘이 있음……. 티크 나 한은 우리의 행복은 우리의 자각하는 능력에 달려 있다고 했다. 매사를 덤덤히 넘기지 않고 사소로운 것 하나하나에서부터 그 나름대로의 미와 가치를 볼 수 있으면 볼 수 있는 만큼 점점 더 부유해지고 행복해진다는 의미다. 펑펑 쏟아지던 수돗물이 딱 멈춘 그 순간 우리가 깨달은 것은 물의 소중함이고 뜻밖에 당하는 고통스런 상황이었다. 그 다음날 다시 수도꼭지만 틀면 콸콸 쏟아지는 덥고 차가운 물 때문에 느끼던 더할 수 없는 행복감에, 산다는 것은 사소로운 일을 통해서도 기쁨과 고통을 함께 경험하는 것임을 실감나게 하였다.

생각해 보면 귀한 줄 모르고 당연시하는 것이 어디 한두 가지인가. 숨 쉬는 공기, 자연, 곁에 같이 사는 사람……. 삶이 심드렁하고 지루하다 싶으면 헤아려 볼 것이 있다. 생에 없어서는 안 되는 것이면서도 우리가 호명한 적 없는 것들을 하나하나 챙겨 보는 일이다. 자각하는 분량만큼 더 행복해진다고 하였으므로.

추신

  '아버지들은 딸을 출가시킨 후 하릴없이 연자가락(상량)만 센다더니
니 아버지가 그 짝 나셨다.' 어머니는 이국 만리로 홀쩍 떨켜 버린 딸과
의 통화를 사양하시는 아버지를 그렇듯 표현하셨다. 연자가락 센다는
말은 눈물을 감추려고 애꿎은 천장의 마룻대만 올려다보는 아버지들
을 가리키는 전라도식 표현이다. 동구 밖 멀리서 개 짖는 소리가 바람
결 타고 들릴 때 취기어린 아버지의 구성진 노랫가락 속에는 후렴인
냥 내 이름도 섞여 있었다. 아버지는 전쟁이 나자마자 돌아가신, 사회
주의 운동을 하셨다는 할아버지 때문에 평생을 가슴앓이로 살아오시
며, 행여 당신의 삼남매 자식들에게 해가 미칠세라 둥지에 품은 알덩
이를 다루듯 세상 속에 내놓기를 꺼리셨다. 늘 잘 있다고는 하나 넉넉
치 못하게 뻔한 자식의 이민생활을 안쓰러워 하시던 아버지는 모두를
초청해서 쉬어가게 하는 것에 마음을 쓰시더니 수 년 만에 십대가 되
어 나타난 손자 손녀들과 여름을 나신 후 처음으로 손수 전화를 주셨

다. '애들 잘 키워 주어서 고맙다. 네 고생이 이제 끝이 보이는구나. 그동안 참 애썼다' 술기운 없이는 좀체 감정 표현을 못 하시는 아버지가 우리의 방문 후 추신으로 보내온 말씀이었다. 제가 키우다니요, 아빠. 목에 뜨거운 무게가 실려서 숨을 삼킨 채 더 이상은 말이 되어 나오지 않는 생각들만 머릿속에서 떠돌았다. 제가 키우다니요. 그런 말씀 들으면 황송하지요. 부모님 없이 지금의 제가 저 일라고요. 제가 그들에게 한 거라고는 어른들의 가르침을 대물림해 주면서 밥 먹이고 재워준 것밖에는 없는 걸요. 박노해 님은 빈터에서 가꾸어낸 야채도 사람이 키웠다고 하면 죄가 된다고 했는데요. 하늘의 햇빛과 비와 바람이 키우고 흙 속 미생물과 벌레들이 키우고 씨앗들이 인연 따라 싹트고 자라난 것을 사람이 키웠다고 하면 잘못된 거라고요. 저는 아이들이 심성 바르고 다른 사람들 눈에도 이쁜 사람들로 자라나는 것 보면서, 사람이 할 수 있는 가장 위대한 역할에 저도 참여할 수 있게 해준 모든 인연에 감사할 뿐입니다. 다시 박노해 님의 시를 떠올립니다. '이렇게 힘들고 앞이 안 보이는 눈에 다시, 사람만이 희망'이라고. 비록 제가 키운 것은 아니어도 죄가 되지 않을 만큼만 흐뭇해 하며 삽니다. 언젠가 어머니가 저를 두고 그러셨듯이 저 또한 제 어린 것들의 엄마인 것이 참으로 꿈처럼 애틋하고 행복합니다.

플루백신 품절의 단상

현대인의 삶은 바쁜 스케줄과의 경주다. 끊임없이 나열된 일과 약속에 대한 조바심 속에 종종걸음으로 끝내는 하루하루의 끝에 이어 종내는 일 년의 끝에 이르러서도 여전히 미진한 일에 대한 자괴감으로, 내일이 또 내년이 살아가야 할 과제의 연속으로 여겨진다면 우리는 더 이상 우리 삶의 주인이 아니다. 불안과 염려가 많을수록 이를 대비하려는 심사는 강해진다. 불안한 것이 많을수록 보이는 것에 대한 집착은 상대적으로 커지게 된다. 내일과 미래에 대한 걱정이 큰 나머지 오늘은 그저 대충 넘어가는 날이 되는 까닭에 늘 다리는 허둥대면서도 마음은 썰렁하고 새로 넘겨진 달력의 요일마다 까맣게 메워진 스케줄 때문에 한 해를 마감하기도 전에 벌써 많은 이들은 새해를 살기 시작했다.

헤밍웨이의 「노인과 바다」를 읽어 본 사람은 그 단편의 군더더기 없고 건조한 문장과 심심한 내용 이면의 극히 소박하고 간결한 삶이 주는 잔잔하게 밀리는 충격을 함께 경험했을 것이다. 입었던 바지를 말아 베개로 삼고 다음날 다시 입는 노인의 삶이 거추장스러운 것이 많은 우리네 삶을 돌아보게 한다. 집착하는 것이 많으면 걱정이 많아지는 것은 불교에서 말하는 업식에 해당한다.

만약에라는 전제로 시작되는 가능성 있는 위험 사태는 나열하자면 끝이 없다. 만약에 교통사고가 난다면, 강도를 만난다면, 배우자가 바람이 난다면, 아이가 마약에 빠진다면, 직장을 잃는다면, 그리고 요즈음 유행하는 살인적인 플루에 걸린다면 등등. 올 겨울에 경고되고 있는 플루 때문에 백신이 품절 현상을 빚고 있음은 사태를 대비한 당연한 현상일 수 있지만 걱정으로 선점된 현대인의 심리를 그대로 반영한 것이기도 하다. 걱정을 안 한다면 어떻게 될까. 건강함을 감사하고 건강을 지킬 수 있는 생활 습관에 마음을 쓰면서 플루백신을 노약자와 어린이들에게 양보하고 건강한 사람들은 맞지 않아도 되는 일이 아닐까. 걱정이 습관이 된 사람은 걱정거리가 없어지면 없다는 사실로 불안해질지 모른다. 익숙하지 않은 것은 뭐가 됐든 불안하고 한편 불편한 것이기 때문이다.

두레박질

냉장고가 없던 시절, 시원한 과일의 보관처는 깊은 우물이었다. 우물에 가봐라 하시는 할머니 말씀은 곧 과일 먹어라 하시는 말씀이었다. 노랑 참외나 개구리 참외 사이로 두레박을 운전해서 마음에 드는 것으로 건져 올리려 애쓰던 기억이 난다.

제 눈에 안경이라는 말을 들으면 어쩐지 나는 두레박질을 연상하게 된다. 사람의 마음은 온갖 과일이 떠 있는 우물 같아서 그것을 건져 올리는 사람이 저마다 다른 것을 두레박질해내는 것이다. 사람은 누구나 저마다의 장단점과 구성진 면 내지는 엉성한 면을 두루 갖고 있다. 타고난 기질 외에 그 사람이 처한 환경과 경험 그리고 교육이 합해져서 사회적인 소산물인 한 개인이 결정된다. 그리고 그가 관계하는 이나 보는 이에 따라 그 개인의 행동 양식이나 반응이 달리 적용되어 나타나고 평가된다. 어떤 이의 눈에는 불량한 사람이 다른 이에게는 보고 또 보아도 그리운 이가 되는 이유가 어디에 있는가.

우리는 함께 있으면 기분이 좋은 사람을 원하고 다시 만나고 싶어한다. 같이 있어서 기분 좋은 사람은 내가 아는 나를 인정해 주고 수용해 주는 사람이다. 우리 안의 좋은 것을 볼 수 있어서 그것을 길어 올려 주는 사람이다. 나의 존재나 역할이 그 사람에게 어떤 의미가 됨을 일 깨워주는 사람이다. 사람들이 구하고 찾고자 하는 '소울 파트너' 즉 영혼의 동반자는 바로 우리 영혼의 심연에서 우리 스스로는 깨닫지 못하고 끌어내지 못하는 값진 것들을 길어 올려 거울로 비추듯 우리에게 비춰주는 사람이다. 늘 보아온 예쁠 것도 미울 것도 없는 동료인 배우자의 깊은 우물에서 당신은 무엇을 길어내는 사람인가. 뜻깊은 응시인가 혹은 미간에 줄 그은 침묵인가.

당신이 평소에 잘 알고 있다고 믿는 사람의 영혼을 깊이 들여다본 적이 있는가. 상대방을 위해서라고 하는 명목으로 걸핏하면 비판하고 정죄하는 일이 당신의 몫이라고 믿고 있지는 않은가. 주저없이 잘못된 면을 지적하고 거침없이 앞으로의 행동에 대해 충고를 쏟아내지는 않는가. 그대가 보고 느끼는 상대방의 잘못과 실수를 당사자는 모르고 있다고 믿는 것인가. 비판과 잘못된 일에 대한 지적은 대부분의 경우에 있어 넘어져서 아파하는 사람에게 발길질을 하며 일어나라고 하는 처사와 다름이 없다.

우물의 물은 두레박질하는 사람에 의해 퍼 올려지고 우물 안의 과일은 건져 올리는 이의 몫이듯이, 우리는 우리 능력의 한도 내에서 관계속의 두레박질을 하고 있다.

텃세

일꾼들이 들녘으로 나가고 친가 외가 양가의 어른들도 다 분주한 농번기의 한낮이면 드문 일이긴 했지만 한 번씩 심부름가야 하는 때가 있었다. 샛거리를 위해 이웃 마을에 가서 막걸리를 받아오는 일이었다. 어른들 달음박질로 한 오 분도 안 걸리는 거리였지만 아직 초등학생이던 때에는 땡볕 속을 걸어서 낯선 마을에 가는 것이 여간 곤혹스럽지 않았다. 마을 어귀에 있는 모정에 장기를 두는 동네 어른들이 여이, 누구네 딸냄이 하며 아는 체라도 해오면 꾸벅 인사를 해야 하는 것도 어색하고 멋쩍었다. 길가로 대문이 난 집 앞을 지나칠라치면 느닷없이 컹컹대며 빨래줄에 연결된 줄을 달고 우르르 기세를 얻어 달려들듯한 개도 질색인 것 중의 하나였다. 게다가 그 동네에 사는 또래 머슴애들 눈에라도 띄게 되면 딱총질하는 콩알 공세를 받거나 돌팔매질을 당하기 일쑤였다. 학교에서 공부로 밀린 설움을 분풀이하기라도 하는 듯 '노락쟁이 미국 년'하면서 인신 공격까지 해오는 때면 분하고 열을 받았지만 타지인 탓에 겁이 더럭 나서 찍소리도 못하는 신세였다. 통통걸음으로 뽀로퉁한 얼굴이 되어 들어서는 것을 발견한 사람은 '저런 또 싸개 맞았구나' 하면서 위로의 말을 했고 그 말을 듣고 나면 그나마 위로가 되어 얼굴이 판판해지곤 했다.

여러 사람에게 둘러싸여 욕을 먹는 싸개통은 새로 온 사람이 이미 자리 잡은 사람에게 당하는 텃세와 같은 의미가 있다. 가족을 한국에 두고와 사는 사람들은 다양하게 텃세를 경험한다. 달랑 혼자 몸에 시댁 식구들만 우르르 많은 새댁이 겪을 감정적인 홀로서기는 상식적으로 예견되는 시집살이는 물론이고 돌팔매질에 비교가 안 되는 신체적인 폭행이나 인신공격적인 언사를 견디고 사는 경우도 흔하다. 그런가 하면, 유학이나 파견 근무 차 미국에 왔다가 이민 와 있던 처자를 만나 결혼한 남자들 가운데 와글거리는 처가 식구들을 배경으로 매사에 기득권을 행사하는 배우자와 그를 역성드는 세력에 눌려 절로 기가 죽거나 행여 소외될까 전전긍긍한 태도로 살게 되는 사람들도 있다. 텃세를 당하는 설움과 외로움은 편들어 주는 이가 있을 때만 위로를 받는다. 그대는 텃세를 부리는 쪽과 싸개를 맞는 쪽 중 어디에 가까울지.

대오(大悟)

아름다운 앤틱(antique) 타운인 갈리나(Galena)에서 십여 마일 더 북쪽인 스케일즈 마운드(Scales Mound)라는 곳에 산 적이 있다. 조데이비스 카운티 전체가 일리노이 주에서는 드물게 보는 언덕과 굽이굽이 가는 고갯길이 이어져 주변 경관이 전원적이면서도 다소 유럽풍인 곳이다. 그곳에서 에반스톤까지 왕복 6시간의 거리를 일주일에 두 번씩 통학할 무렵의 일이다. 천지사방 '코 큰 백인'들 밖에 없는 환경에서 한 번씩 향수병이 뱃멀미처럼 전신을 흔들어 놓고, 잘 안 되는 영어가 스트레스로 쌓일 때였다. 눈이 많이 내리고 겨울 햇살이 백분 가루처럼 쏟아지던 어느 날, 차창 밖으로 양지바른 언덕배기의 묘지가 눈에 들어왔다. 질풍노도의 삶을 살다 갔을 그 묘비의 주인공들에 대한 연민과 함께 그들의 언어 능력을 포함한 모든 재능이 한때 머물다간 바람 같은 것일 뿐임이 연상되면서 마음의 평안이 왔다.

그날 이후로 수업 시간이 훨씬 편안해지고 다른 사람들을 주의 깊게 돌아보는 여유가 생겼다. 토론식의 학습이어서 자유로이 의사 교환이 있을 때 머릿속에서는 많은 의견들이 아우성쳐도 말에 자신이 없어서 조용하던 차에 매시간 입 한 번 벙긋하지 않는 교우에게 주목하게 되었다. 번번이 침묵을 고수하는 그에게 영어를 잘 하는 사람이 왜 수업 시간에 말이 없는가 용기를 내어 물었을 때 주저 없이 나온 그의 대답은 사뭇 간단했다. 한마디로 별다른 의견이나 아이디어가 없다는 것이었다. 순간 심봉사 개안(開眼)의 순간이 그랬으리라 싶게 눈앞이 갑자기 환해지는 기분이 들었다. 그렇지, 한국에서 모두 잘하는 한국말로 공부해도 잘하고 못하는 놈 있듯이……. 언어는 의사 전달의 도구일 뿐인데 마치 그게 본질인 냥 심정적으로 얽매이고 중요시 했던 것은 영어 때문에 받은 스트레스성 고착(固着)현상 같은 것이었다. 말이 좀 서투른들 대수랴. 더 중요한 건 동·서양의 이중 문화를 소화해서 나오는 톡톡 튀는 아이디어가 아니겠는가 하는 배짱이 생겨났다.

새로운 자각 내지는 즐거운 착각이 두루 섞인 자신감이 생기자 몸담고 있던 세상도 훨씬 살 만하고 서 볼 만한 무대가 되었다. 삶의 굽이 굽이에서 겪는 크고 작은 고착 때문에 몸살을 하고 주저앉아 본 적이 있는 사람은 우연찮게 찾아 드는 겨자씨만한 깨달음 하나도 대오일 수 있으며 그로 인하여 한번쯤은 아름답게 열리는 경외(境外)의 세계가 있음을 경험했을 것이다.

순금도금의 장미(Golden Rose)

　신선하고 향기로운 꽃다발을 받을 때 사람들은 갑자기 쏟아져 내리는 스포트 라이트에 노출이라도 된 듯한 순간적인 어색함과 설레임 때문에 연령에 상관없이 새내기 같은 수줍음을 드러내게 된다. 그 신기하도록 화려한 한 다발의 꽃묶음이 며칠 새로 시들 것을 생각하면 허망함과 안타까움이 큰 사람들은 부케를 별로 달가워 하지 않는다. 이는 꽃을 좋아하지 않아서가 아니고 그것의 짧은 수명에 대한 아쉬움이 절절한 탓이리라. 기억과 흔적을 간직하기 위해서 사람들은 꽃잎을 책갈피에 꽂기도 하고 꽃단을 곱게 말려 보관하기도 한다. "마른 꽃 걸린 창가에 앉아" 한 잔의 커피를 마시는 공간을 꾸며보는 낭만은 과거로 흘러가는 무상한 세월을 영원의 한 토막으로 간직하고자 하는 노력의 흔적 때문에 애틋함이 더한다. 마른 꽃단을 선뜻 버리지 못하고 색지에 옮겨 싸서 한동안 남겨 두는 습관에 대해 아이들은 한 번씩 의아해 하는 얼굴이 되곤 했다. 어린 마음에는 계절에 상관없이 사시사철 흔한 게 꽃인데 시든 꽃은 버리고 새 걸로 바꾸면 되는 일 이상은 아니었을지 모른다. 시든 꽃을 보는 것은 묘하게 슬프고 그것을 미련없이 버리는 것은 더 허망한 일이어서 꽃다발 선물은 반갑지 않네 하며 어영부영한 이유를 대는 엄마를 재미있어라 하던 아이들은 그러나 언제부터인지 마른 꽃잎으로 채워진 찻잔이나 마른 꽃 한두 송이가 담긴 병을 책상이나 세면대 위에 놓아두기도 하였다.

일과를 마치고 귀가했던 어느 저녁 나절, 현관의 구석장 위에 청초한 양란 꽃단과 빨간 상자 하나가 놓여 있었다. 프람 신청을 받은 둘째 딸아이의 것이라고 하길래 선물 가운데 하나려니 지나쳤는데 막내 아이가 상기된 얼굴로 상자를 들고 와 안에 든 것을 맞추어 보라며 수수께끼를 던졌다. 인조가 아닌 실물이며 신선한 상태 그대로 영원할 수 있는 것이라는 게 힌트였다. 상상의 한계를 느끼며 답을 포기했을 때 열어 보여준 상자 안에는 눈부신 순금 줄기의 탐스럽고 싱싱한 붉은 장미 한 송이가 놓여 있었다. 꽃잎과 잎새의 가장자리는 순금 빛으로 테가 둘려 있으며 꽃대는 모두 순금 빛으로 번쩍였다. 엄마 말대로 부케는 쉬이 시드는 게 슬프다고 지나치며 한 말을 기억한 것 같다며 대수롭지 않은 척하는 딸아이에게 중년의 엄마는 여전히 깊은 감동에 젖은 채 말했다. "어쩌면 순금으로 도금한 장미를 구할 생각을 다 했을 거나. 그 나이에 어떻게 무심히 던져진 말을 새겨들을 줄 아는 마음을 가졌을 거나."

빨간 구두

　'솔솔솔 오솔길에 빨간 구두 아가씨'로 시작되는 가수 남일해의 노래를 따라 부르며 젊은 시절을 난 세대는 이제 50 내지 60대가 되는 분들일 것이다. 외가와 친가가 한 동네에 있었던 어린 시절, 집안 고모들과 양가 삼촌들 속에 마스코트 마냥 섞이어 젊고 발랄한 그들의 대화를 엿들으면서 바깥 세상을 꿈꾸어 보던 시절이기도 했다. 판탈롱에 이어 하이힐이 유행했을 때, 키가 1미터 68센티나 되던 고모는 새로 산 하이힐을 신고 걸어 보느라 장판을 새로 갈아 콩기름으로 막 윤을 낸 안방을 온통 곰보딱지로 만들어 놓은 후 식구들의 원성을 사기도 했다. 나팔꽃이 찔레 덩쿨을 타고 피어 있던 우물가 화단에서 볼우물을 지으며 화사하게 웃던 고모의 친구 한 분은 그 후로 다시 본 적이 없는데도 이따금씩 안부를 묻게 될 만큼 아름다운 영상으로 남아있다.

　빨간 구두 아가씨는 그 '젊은 언니 오빠들' 사이에서 따라 부른 많은 유행가들 가운데 하나였다. 오솔길이라는 가사를 들으며 백 년은 됨직

한 노송들이 서있는 읍내로 향하는 고갯길을 떠올리고 사시사철 솔바람 소리 들리는 솔밭을 연상했다. 도회지로 유학을 가게 되고 고향에 대한 그리움에 사무쳐하던 무렵 마음속에 가졌던 꿈은 여선생이 되어 귀향해서 고향에서 사는 일이었다. 빨간 구두를 신고 솔밭을 오가며 외할머니 곁에서 다시 사는 꿈과 향수(鄕愁)로 그야말로 일일여삼추(一日如三秋)였던 시절이었다. 막상 대학 진학을 고려할 때는 그 소박한 꿈은 배신되었으나 인문대를 다니면서도 부전공으로 교원 자격증을 얻은 덕택에 고교 교사로 나설 수 있었다. 때마침 고향에 있는 여중고에 자리가 나서 막상 어릴 때의 꿈이 이루어질 수도 있게 되자 수 년간의 도회지 생활에 익숙해지고, 친구들과 즐겨찾는 음악실이 있는 생활 터전을 떠나는 것이 망서려져서 결국 시내에 있는 학교를 선택했다. 솔밭을 지나 고향집을 오가는 빨간 구두의 꿈에 대한 또 한 번의 배신이었다.

잊어버린 옛 애인을 떠올리듯 한 번씩 무채색의 복장에 빨간 구두를 신고 나서는 것을 볼 때면 딸아이들이 눈을 휘둥그레 뜬다. 전라도 말로 오메, 웬일이디야 하는 얼굴이다. 같은 계열의 색으로 통일하면 심심하잖냐. 답변이야 간단하려니와 심중에 남은 빨간 구두에 얽힌 사연이야 어찌 알 것인가.

계획적 태만

십여 년 전 다시 공부를 시작하면서 첫 학기 후 봄방학 무렵에 태어난 넷째와 더불어 마라톤으로 계속되어진 십여 년간의 학습 기간 동안 내가 터득한 하나의 위로는 '계획적 태만'이었다. 다섯 살배기였던 큰 아이 밑으로 연년생이다시피 한 네 아이를 데리고 학교에 다니면서 되도록 평화로운 마음으로 살자면 작정해야 될 일이 몇 가지 있었다. 그 중의 하나는 꼬맹이들이 수시로 엄마를 불러댈 때마다 짜증없이 시중들기 위해서 아예 부엌을 공부방으로 삼는 것이었고, 또 하나는 그 날 하루 중에 꼭 처리해야 할 일 몇 가지를 정하면 다른 일은 편안하게 미루어 두거나 아예 잊어버리자는 주의였다. 어떤 때는 설거지 거리가 천정 닿게 쌓이기도 하고 장난감을 피해 걷느라 방안에서 징검다리를 건너는 형국이 되었지만 그러자고 작정한 일이라고 치고 편안하게 넘어갔다. 당장 덜 중요한 일에 대해서는 계획적으로 태만해지자고 작정했던 것이다.

방안은 어질러져 있었어도 아이들의 기억이 큰 소리나 잔소리로 인한 기억으로 어지럽혀지지 않은 것은 다행한 일이다. 아이들이 모두 십대가 된 지금까지 큰 분쟁없이 일상을 유지하는 것은 오랫동안 실천해온 그 "계획된 태만"의 덕이기도 하다. 발도 들여놓을 수 없이 옷가지나 책들이 널어진 아이들의 방을 보고 갑갑해 하지 않을 부모는 없을 것이다. 하지만 매사에 경중이 있고 순서가 있음을 헤아리면 먼저 취할 일과 양보하고 포기하고 때론 참아야 할 일들이 가려진다.

깨끗한 방을 위해 혹은 교육상의 이유로 아이들에게 선전 포고를 하고 전쟁을 치르기보다는 할 일이 많다는 그들의 말을 믿어 주고 방문을 닫아 두는 정도로 체념하는 것이 나을 수 있다. 해와 바람의 내기에서 보여지듯이 더우면 스스로 옷을 벗겠지만 바람이 매서워서 옷을 벗지는 않음이다. 자기들의 변명을 진심으로 믿어 주고 할 일이 많아 더러운 방을 견딘다는 아이들을 걱정해주는 부모를 보면서 아이들은 어떤 마음이 들 것인가. 계면쩍은 얼굴로 씩 웃거나 자선해서 곧 치울 거라는 말을 하면서 아양을 떨어 오지 않겠는가. 어질러진 방을 참아 주는 대신 등 뒤로부터 오는 포옹과 깜짝 키스의 선물을 받지는 않겠는가. 매순간이 선택의 순간이다. 무엇을 취하고 무엇을 체념할 것인가에 따라 마음의 평화, 가정의 평화, 인류의 장래가 달려 있지 않겠는가.

4당(當) 5락(落)

　대학 입시를 위해서 밤 10시까지 자율 학습을 한 뒤에야 하교를 할 수 있었던 고교시절, 조회 시간마다 들었던 교장선생님의 훈화의 화두는 4당 5락(4當 5落)이었다. 4시간 자고 공부하면 합격할 수 있고 5시간 자면 떨어진다는 요지였다. 그러므로 공부야 하든 말든 일단 잠을 많이 잔다는 것은 기본적으로 잘못된 일이었고 죄책감의 근원이었다. 그 당시 4당 5락의 실천 요강은 집에 돌아가자마자 취침, 4시간 수면 후 기상, 등교시까지 간단한 학습의 3단계로 요약되었다. 귀에 못이 박히도록 들으면서도 막상 그 시절에는 한 번이라도 실천을 했었는지에 대해서는 확실한 기억이 없다. 그런데도 이 교훈은 그로부터 십여 년이 훨씬 지났을 때 홀몸이 아닌 상태로 다시 공부를 시작하면서 기억에 떠오른 지침들 가운데 가장 큰 위로였다.

　어른들이 아이들에게 주는 충고와 교훈은 씨를 심는 것과 같은 일이다. 당장 싹이 트고 눈에 보이게 쑥쑥 자라서 금세 꽃이 피고 열매를 맺는 결과가 보이지 않는대서 헛된 일이었다고 속단하는 것은 금물이다. 그들의 인생 어디메쯤에서 그 씨가 발아하고 새로운 생명으로 이어질지는 아무도 모르는 일이다. 큰아이가 채 다섯 살이 되기 전 봄방학을 일주일 앞두고 넷째 아이를 출산한 뒤에도 풀타임이던 석사과정을 지속하고 이어서 박사과정으로 이어 갈 수 있었던 비장의 무기는 바로 이 4당 5락의 교훈이었다.

시간과의 전쟁에서는 전력(戰力)의 첫째가 체력의 유지이고, 둘째는 일의 적절한 안배로 자투리 시간을 잘 활용함에 있다. 고단한 몸으로 진한 커피를 연거푸 마시고 잠깨는 알약을 복용해서 졸음을 쫓는들 무뎌지는 두뇌의 회전까지 통제하기는 어렵다. 아이들을 재운 후 가능한 한 빨리 수면을 취하고 울리는 자명종에 맞추어 잠을 깨서 누구에게도 방해받지 않는 몇 시간을 활용하는 것은 한 나절에 비견할 만한 양질의 시간이다.

수면에 임하는 것도 시간과의 또 다른 전쟁이랄 수 있다. 수면에 돌입해서 자명종이 울리기까지의 시간이 정해진 탓에 베개에 얼굴을 묻고 몇 분도 안 걸려서 '요 땅!'하고 경기에 임하듯 수면에 들어가야 성공적인 시간과의 경주다. 뒤늦게 실천한 4당 5락 덕택에 시간 없다고 궁상떨지 않아도 되는 시간상의 부자로 살았다. 다음날이 마감인 글을 아직 쓰지 않았어도 자정까지 가라오케를 하는 여유, 정 바쁘면 4당이 아니라 3당을 하면 되지 않겠는가.

제5부 **자연과 인생**

그대의 월계관 | 생과 사의 특징 | 가을색의 한국인 | 만추와 중년 | 장수(長壽) | 잡초와 인생 | 여가와 문화 | 어둠의 활용

그대의 월계관

광명의 신 아폴로는 문학과 예술 및 의료를 담당하는 으뜸가는 신이었다. 사랑스런 소녀 다프네를 보고 사랑에 빠졌으나 다프네는 이를 두려워하여 그의 아버지의 도움을 받아 한 그루의 월계수 나무가 되어버렸다. 아폴로는 이를 슬퍼하면서도 자기가 사랑한 다프네를 기념하여 항상 월계수 가지로 만든 관을 쓰고 다녔다. 실연의 상징이었던 월계관은 이후 모든 문예 행사와 운동 경기의 우승자에게 주어지는 영광의 상징이 되었다.

사랑은 기쁨 아니면 슬픔으로 기억되는 것이지만 슬픔으로 끝난 사랑까지도 수용하고 기념하여 영광과 승리의 관으로 남게 한 아폴로의 사랑은, 삭히지 못하고 사는 것이 많아 밥알이 거꾸로 선 듯 속병을 앓고 사는 우리에게 시사하는 바가 크다.

가을은 꽃의 아름다움에 대한 감탄보다는 꽃이 지고 난 자리에 맺혀진 열매를 감사하는 계절이다. 누구에게나 한번쯤은 가슴 설레게 했던 사랑의 기억이 있다. 김은자 님의 시 구절처럼 '처음 보았을 때 세상은 푸른 갈채인 줄' 알게 한 사람 하나쯤은 기억 한 자락에 남아 있을 것이다.

결실의 계절인 가을, 결실은 한 생의 마감과 다음 생에 대한 약속을 동시에 갖고 있다. 아직도 삭혀지지 않은 상처로만 남겨진 사랑이 있는 사람에게 아폴로의 월계관을 전한다. 그대의 월계관이 승리를 의미하고 선망의 표상이 될 수 있겠는지. 그대는 그대만의 월계관이 있기나 한지. 외로워 보이는 사람이 아름답다는 가을. 우리의 이마에 얹혀진, 다른 이에게는 보이지 않는 저마다의 월계관을 추억할 만한 계절이다.

생과 사의 특징

사계를 통한 자연의 변화 추이를 주의 깊게 보면 생명과 죽음의 차이가 그 빛깔과 감촉만으로 확연해짐을 느낄 수 있다. 식물이나 동물의 모든 어린 것들은 보드랍고 연하다. 탄력이 있어서 구부러졌다가도 쉽게 원상으로 돌아간다. 우리의 어린 것들은 순간순간에 몰입하는 단순성과 즉흥성이 있어서 작은 일에도 즐거워하고 싸워도 돌아서면 다시 언제 그랬냐는 듯 다정해진다. 도덕경에도 부드럽고 약한 것은 삶의 무리이며 딱딱하고 강한 것은 죽음의 무리라고 가르치고 있다. 부드러움과 융통성이 바로 삶의 상징이다. 우리는 모두 살기 위해 애쓰고 고생하면서도 이 간단한 생과 사의 차이를 간과한 채 헛된 수고를 하고 있지는 않은가. 좀처럼 자신의 의견에 굽힘이 없고 더 이상 다른 관점을 수용하여 발전할 의향이 없으며, 자신이 가진 것은 어떤 고난을 불사하면서라도 고수하는, 강하고 철저한 태도를 견지하는 삶은 생과 사의 무리 중 어디에 더 가까울까.

19세기 천재 철학자이며 무신론자로 알려진 니체는 말년을 정신병원에서 보내면서 자신이 비로소 감지하게 된 하나님과 사탄의 차이에 대해 간단하게 표현했다. 하나님은 춤을 어떻게 추는지 아는 존재인 반면, 사탄은 엄숙·진지·심오·철저함 가운데 접촉되는 것을 어떤 것이든 밑으로 끌어 내리는 중력과도 같더라는 것이다. 결론적으로, 살아있는 존재의 특징은 흥이 있고 부드러우며 융통성이 있고 지속적으로 성장하며 환경에 자발적으로 반응하나, 죽은 자의 특징은 강하고 딱딱하며 발전과 성장이 멈추고 모든 탄성과 즉흥성이 배제된 상태에서 화석처럼 고정되어 있음이다. 가을의 문턱에서 옷을 갈아입는 자연을 대하며 우리 각자가 가진 제반 특징은 삶과 죽음의 무리 중 어느 쪽에 비중이 더 쏠려있는지 생각해 봄직하다.

가을색의 한국인

분위기 있는 사람이라는 말은 매력 있는 사람, 그래서 어쩐지 끌리는 사람이라는 은연한 표현이다. 무엇이 분위기를 풍기게 하는가. 흔히 내적 향기라고도 표현되는 분위기는 그 사람이면 가졌을 법한 삶의 이야기나 풍경이 연상되고 그런 것들이 잘 삭혀 담궈진 감주(甘酒)처럼 어우러져 우리에게도 나눠줄 수 있는 인간미가 있을 것 같은 사람이다. 가을 단풍이나 가을이 깊어가는 들판의 색조를 감상해 본 사람이라면 누구나 여러 가지 빛깔이 함께 어우러져 만들어내는 깊은 아름다움을 지닌다. 화려한 단풍 사이사이로 깃든 그늘이 없으면 그것은 화사함 이상은 아니다. 가을 단풍은 화사함 사이로 섞인 무더기의 그늘짐과 마르고 빛 바랜 잎새들이 섞이어 깊고 그윽한 분위기가 우러난다. 밝고 화사하기만 한 사람에게서는 순수함 이상의 분위기는 나오지 않는다. 슬픔의 경험과 사색의 고뇌가 깊게 깔린 사람에게서는 깊어진 가을의 분위기가 있다. 찬바람이 비껴가는 햇살 쪼이는 담벼락처럼,

객적 없이 썰렁한 마음을 이야기해도 무난히 이해해 줄 것 같은 사람에게는 마른 잎새에서 느끼는 수수함이 있다. 흔히 우리 민족 정서의 근본을 한이라고 한다. 시인 김지하는 삶의 질곡을 넘어서는 수련과 득공으로 한을 풀기보다는 삭이려는 노력이 있을 때 미적·윤리적 성장이 이루어짐을 논한다. 나아가, 한을 삭인 시김새는 쌓여서 발효해야 깊은 맛이 나오는데 이것이 우리 민족이 가진 자산이라고 보고 있다. 음식을 보아도 그 특징은 대번 대별되지 않던가. 우리의 음식은 가장 주된 음식인 고추장·된장·간장·김치 등이 모두 우려지고 삭혀져서 된 내용물이다. 여럿이 어우러짐으로써 나오는 감칠맛이 우리의 맛이다. 젊음과 톡톡 튀는 재치와 만사 오케이 식의 가벼움이 높게 평가받는 서양 문화는 그래서 가을 분위기와는 거리가 멀다. 우리 문화는 나이를 헛먹는 게 아님을 인정하고 시간 속에서 우려진 지혜가 언동에 진중하게 섞여 있는 성숙한 인물을 사모해 온 문화이다. 분위기 있는 사람이고자 하는가. 그대 안의 한을 곱게 숙성시킬 때이다.

만추와 중년

　자연의 리듬을 악보에 옮긴 사계의 작곡가 비발디는 인생의 리듬 또한 그 안에 있음을 표현하고 싶었는지 모른다. 자연을 내다본다는 것은 자기 외의 것으로 눈을 돌리는 것이고 그것은 곧 자기 자신에만 사로잡혀 있지 않다는 것을 의미한다. 요산요수(樂山樂水)로 자연과 인생을 연결시켜 볼 줄 아는 사람은 소중하게 간직해야 할 것과 무심히 놓아 보내야 할 것의 차이를 이해한다. 매번 시작과 끝이 보이는 계절을 이어가는 한 해를 살아 가면서 우리는 인간의 삶의 시작과 끝 그리고 새 생명들에 의해 이어져가는 삶의 순리를 추정한다.

　소중하게 여겨야할 것들이 분명해질수록 삶의 자리도 따라서 확연해지고 허허로이 넘어가도 좋을 성 싶은 하찮은 일들의 모습도 선명해진다. 한여름 싱싱한 초록으로 햇빛을 녹여 양분을 만들고 땅으로부터 수액을 끌어올려 몸체를 키워온 잎새들의 노동은 찬란한 가을 햇살을 조명처럼 받으며 그 마감이 예고된다. 창조주는 소박한 모습으로 충직하게 일해 온 창조물들을 한 번씩 화려한 모습으로 성장시키고 만물이 함께 어우러지는 성찬의 자리에 초대하기를 잊지 않는다. 이름 없고 평범한 작은 풀잎이나 들꽃들은 무리를 지어 있을 때 그 자태가 완연하고 더 아름답듯이 우리 인생도 여럿이 어우러져 화목할 때 아름답다.

어쩌다 한 번씩은 성장을 하고 댄스 플로어에 서 볼 일이다. 춤마당에서 흥에 겨워 구성지게 돌아가는 사람들은 몸 맵시나 사이즈와도 무관하게 저마다 가진 아름다움이 드러난다. 수천 조각으로 가을 햇살을 퀼트(quilt)해 내는 가을 잎새들도 무리를 지어 어우러질 때 그 장관을 이룬다. 농염하게 타들어가는 단풍을 보며 여린 초록의 풋풋함을 연연해 하는 이가 있을까. 자연(自然)이 부끄러움 없이 발산하는 성숙되고 거리낌 없는 열정의 하모니를 들으며 그 정열적이면서도 자연스럽기 그지 없는 몸짓을 보면서 초록의 젊음을 아쉬워하는 이가 있을까.

젊음이 아직 채 간직하지 못한 숙성된 깊은 맛과, 마감이 가까웁기에 안타까움과 절절함이 깃들어 있는 애상(哀想)의 멋은 중년에서야 찾아지는 아름다움이다. 만추의 잎새들이 거침 없는 자신의 빛깔로 숨김 없이 생의 열정을 드러내며 한 가닥 바람 따라 흩어지는 순간까지 찬란한 자태를 지니듯이 불혹(不惑)을 지나 이순(耳順)을 향해가는 중년, 그가 머무는 자리마다 삶의 향기가 인상 깊은 여운으로 남겨지는 때이다.

장수(長壽)

연초에 우리는 근하신년을 전하며 부귀와 영화 나아가 장생(長生)을 기원한다. 생물학자들에 의하면 인간의 최대 수명은 115세이며, 침팬지는 39살, 쥐 같은 포유동물은 1~2년이라고 조사되었다. 그러나 시간 개념의 상대성을 생각할 때 수명의 길고 짧음을 논하는 것은 벽에 걸린 시계에 따른 뉴턴의 절대 시간에 의한 이해일 뿐이다. 모든 포유동물의 체내에는 저마다의 '생물학적 페이스'가 유지되고 있어서 그들의 수명은 거의가 동일한 '생물학적 시간'을 산다는 결론에 이른다고 한다. 생물학적 시간으로 측정하면 모든 포유동물의 수명은 같은데 이중 인간만은 예외여서 같은 몸집을 가진 다른 동물보다 3배로 연장된 수명을 산다고 한다. 짧은 해를 사는 동물들은 호흡과 심장 박동을 그만치 빨리 해서 빨리 살고 가는 것이다. 쥐의 수명 연장을 위해서는 그들의 급속한 신진대사를 늦추어 체내의 시계를 느리게 가게하면 된다. 인간이 생활 습관을 통해서나 소식을 취함으로써 장수를 꾀할 수 있다함도 이와 같은 원리이다.

불로초를 구하고자 애썼다는 진시황제가 아니어도 많은 사람들은 장수의 비결을 찾고자 한다. 그러나 어디로 가고 있는 삶인지, 무엇을 위해 살아왔으며, 무엇을 위해 살 것인가를 고려하지 않고 오래 살고자 하는 삶에 무슨 의미가 있을까. 호머가 쓴 오딧세이에 불멸의 생명력을 가진 바다의 공주인 칼립소가 등장한다. 그녀는 율리시스를 만난 후 그가 한정된 수명을 가진 죽을 수밖에 없는 존재임을 부러워한다. 죽음이 있기에 그의 모든 결정이나 행동은 진정한 선택의 반영이 되고 따라서 의미심장한 삶이 되었기 때문이다. 또한 『걸리버 여행기』에 나오는 러그나기안스라는 땅에는 한 세대마다 두어 명의 어린애가 이마에 붉은 표식을 갖고 태어나 불사조로 살게 된다. 하지만 그들은 점차 늙고 쇠약해가면서도 죽지 않고 살아남아 친구나 지기(知己)들이 모두 사라져가는 것을 목격해야 하기 때문에 창조물 중에 가장 불쌍하고 비참한 존재라고 표현되고 있다. 무조건적인 장수의 바람은 축복이라기보다는 욕이 될 수 있음이다. 주어진 삶의 목적을 알고 달성해가는 지혜 가운데 살다가 아끼는 이들의 애도 속에 마감 짓는 생이 축복된 삶의 모습이 아닐까. 그런 연유로 선인들은 죽음의 복을 팔복의 하나로 헤아렸을 것이다.

잡초와 인생

가뭄이 계속되면 푸르러야 할 한 여름의 잔디가 온통 누렇게 뜨고 화단의 화초들이 파김치가 된다. 유심히 들여다보면 그 가운데서도 여전히 싱싱하고 전천후의 스태미너를 자랑하는 듯한 식물들이 있다. 그런 것들은 하나같이 쓸데없는 잡초거나 이름도 알 수 없는 야생화의 무리로서 가꾼 적 없는 데도 잘 자라고 넓게 번지며 땅을 잠식해 간다.

우리의 삶 속에서도 노력이나 대가 없이 주어지는 것들은 대부분 화단의 잡초와 같은 특성이 있다. 즉 결단과 각오 없이 언급되는 사랑이나 노력 없이 차지할 수 있는 감투나 마약이나 도박으로 쉽게 얻는 쾌락 등 헤아리자면 끝이 없다. 잡초나 풀이 화초나 농작물에 주는 해를 고려하면 무상으로 주어지는 것을 의심 없이 받고 가까이 하거나 또한 노력 없이 공짜로 취득해낸 것들로 인해 궁극적으로 어떤 해를 받게 되는지 헤아릴 수 있다. 더구나 그것이 목적을 동반한 것이어서 전후 사방을 둘러보지 않은 채 이에 집착하고 몰두하게 되면 결정적인 위험에 당면하기 마련이다. 문제는 그러한 위험은 마지막 순간에 드러날 수밖에 없도록 깊이 내장되어 있으며 때론 상상을 불허할 만큼 엉뚱한 내용으로 위장되거나 포장되어 있음이다.

에스키모 인들은 이리를 속임수로 유혹해서 잡는다고 한다. 먼저 칼을 예리하게 갈아 피를 묻힌 다음 그 피가 칼 표면에서 얼어붙게 한다. 이 칼을 다시 핏물에 적셔 또다시 얼리고 이 과정을 계속 반복함으로써 얼어붙은 두툼한 피로 인하여 칼은 감쪽같이 감추어지게 된다. 칼날을 중심으로 피로 감싸 만들어진 커다란 아이스 바가 되는 것이다. 그런 다음 피로 얼어붙은 칼의 날이 위로 오게 하여 눈밭에 감추어둔다고 한다. 이윽고 피 냄새를 맡은 이리가 찾아와 이를 핥기 시작하고 한번 피 맛을 본 이리는 점점 더 열중하여 피를 핥게 된다. 얼어붙은 피를 핥게 되므로 혀의 감각이 무디어진 이리는 날카로운 칼날을 핥게 되는 순간에도 혀가 베이는 아픔을 느끼지 못한다. 결국 이리는 예리한 칼날을 끝까지 핥다가 피를 흘리면서 죽게 되는 것이다.

무슨 일을 함에 있어 무임승차는 특권이나 순간적인 행운의 쾌감을 느끼게 할 수도 있다. 그러나 과연 그 안에 감추어진 칼날 없이 주어지는 공짜가 있을까. 삶에 있어 수고와 대가를 치루지 않고 얻어지는 것 중에 가치 있는 일이란 없으며 있다면 그것을 두고 기적이라 할 것이다.

여가와 문화

산세가 좋은 우리나라는 비단 명산이나 심산계곡을 찾지 않아도 곳곳에 맑은 물이 흐르는 계곡과 겹겹이 포개진 파스텔조의 산자락을 접할 수 있다. 차량 보유가 일반화된 후로 웬만한 산 정상은 자동차로 오르고 산골짝 골짝마다 먹거리와 숙소를 제공하는 레저 타운을 보면서 감탄사와 물음표를 던지곤하는 나는 영락 없는 미국 촌년이다.

만나기만 하면 먹고 마시기를 좋아하는 것은 우리 민족의 유별난 점이다. 어쩌다 접어든 시골마을에서 날이 저물면 민가에서 묵어가는 것을 민박이라 했는데 이제는 네온 간판이 호화롭고 손님을 위해 미니 버스를 굴리는 '민박' 사업으로 변해있다.

여가를 즐기려는 인파들은 여가 문화적 유행을 따르는 경향이 있다. 탁구장, 당구장, 기원 등이 북적이던 때에 볼링장이 생기더니 이제는 수영장, 헬스클럽, 골프 연습장으로 몰리는 추세다. 요리학원, 서예학원, 에어로빅 학원을 찾던 인구들이 지점토, 매듭, 목각 등의 공예로

방향을 바꾸는가 싶더니 주부 노래교실, 댄스 교실, 풍물패, 난타(亂打)쪽으로 인구 이동이 일어났다.

대중 목욕탕은 호화판 찜질방과 사우나로 확장됐다. 놀이를 즐기고 각종 오락사업을 개발하는 것이 인간의 특성임은 주지의 사실이다. 놀이의 종류가 생산적인지 비생산적인지 또는 말초적인지 심미적인지에 근거해서 여가 문화의 질과 특징이 정해진다.

그리스 시대 철학자들은 여가를 통해 진정한 인간이 나온다고 믿었다. 여가 즉 레저(Leisure) 타임을 예술이나 정치 활동, 여타의 여러 학습을 하는데 투자함으로써 자기 개발을 하는 기회로 삼았기 때문이다. 그리스어로 여가라는 단어인 스콜리아(Scholea)로부터 학교(school)라는 단어가 유래된 것도 이 때문이다.

학습에 임하는 것이 여가를 최선으로 활용하는 길이라는 뜻이다. 음식을 통해 인정을 나누고 모이는 장소가 산이든 들이든 직장이든 가정이든, 음식을 걸판지게 차려 먹으려 여가를 즐겨 온 우리 민족이 훈훈하게 나누는 인정과 함께 인생에 맛을 더하는 삶의 학습도 여가의 한 면으로 정착시켰으면 하는 바람을 가져 본다.

어둠의 활용

한밤중에 잠에서 깨어 어디서 한 점 새어 들어오는 빛도 없는 순전한 어둠 가운데 있어 본 사람은 어둠의 무게를 알 것이다. 낮에 보았던 형형색색의 사물들이나 집안에 놓인 가구의 모양새도 어둠 속에서는 물속에 침수된 침전물처럼 더 이상 아무런 형체도 존재하지 않는다. 눈을 뜨고 칠흑 같은 어둠 속에 있어 본 사람은 눈을 뜨고 감음에 아무런 차이도 없으며 그 모양새에 따른 사물의 좋고 나쁨이 하등의 차별도 없음을 느껴 보았을 것이다.

다이아몬드의 날카롭고 강렬한 광채, 루비의 그윽함과 화려함, 사파이어의 깊고 내밀한 아름다움은 빛 속에서나 드러나오는 차이일 뿐 어둠 속에서는 그저 단단한 돌조각일 뿐이다. 영혼이나 마음속에 그늘이 지거나 어둠이 드리울 때 우리는 육신의 병을 얻게 되거나 방황을 접한다. 설사 균형이 좀 안 맞고 배열이 다소 조잡스러웠다 해도 나름대로 질서 정연하게 붙박이장처럼 설치되어 있던 규칙적인 일상, 가치관, 나아가 삶의 목적이라고 믿었던 것들이 암담한 혼돈 속으로 곤두박질칠 때 정처 없고 외로운 심정이 될 수밖에 없다.

사물 외관상의 구별이 무의미해지는 빛의 부재 속에서 우리가 새삼스레 재고하고 발견하게 되는 것이 사물의 본질적인 가치와 그 중요성의 새로운 자리매김이다. 마음의 시련 가운데 암울한 영혼을 경험할 때가 우리 삶 속의 필수적인 여건과 부수적인 사항들이 가려지는 때다. 삶 속에 우연치 않게 침투해 들어오는 사건과 사람들의 경중을 가리는 일은 어둠 속에서 확연해진다. 빛의 부재 속에서 가치가 소멸되는 것들은 사치품 이상은 아니듯 가슴앓이와 영혼의 부대낌이 있을 때 쉽사리 포기되고 대체가 가능한 품목이라면 애시당초부터 비중 없던 것들이다.

빛의 부재로 재고하게 되는 사물의 가치처럼 사람들의 진면목은 그들의 방황 가운데 여과되어 나오게 된다. 나무는 바람과 비 속에서 부대껴 자랄 때 건강하고 차차 거목으로 성장해 가게 되듯이 삶 속의 시련은 정서적 성숙과 더불어 인생을 윤기있게 살게 하는 시금석이 되기도 한다. 난무하는 빛 가운데서 흐드러져 만물이 인플레이션이 된 듯한 세상을 살자면 한번씩 그 모든 것으로부터 눈을 감아 볼 일이다. 쭉정이를 까불고 난 알곡 같은 실체들은 빛이 없는 곳에서도 감지되어 올 것이므로.

제6부 삶의 미학

행복에 대하여 | 슬픔에 대하여 | 자살에 대하여 | 자유함을 위하여 | 성숙의 의미 | 인복(人福) | 기억과 상상 | 개성(個性) | 화의 미덕 | 애송시에 부처 | 이별의 미학 | 마이 웨이(My Way) | 우아한 퇴장 | 가라 오케와 라인댄스 | 스타일—무언의 언어 | 한 잔 술의 이해 | 이탈(離脫) | 프라임 타임(Prime Time) | 상품 미학 | 영혼의 반려(伴侶) | 타관객지(他官客地)에서 꾸는 꿈

행복에 대하여

동서고금을 통해 행복은 인류가 추구하고 바라는 절대의 가치를 지닌 것으로 일컬어 왔다. 아리스토텔레스는 인생의 목적이 유데모니아(eudemonia) 즉 행복에 있다고 했는가 하면 불교에서는 행복에 이르는 길은 모든 감정으로부터 자유로워지는 것이라고 가르쳤다. '나는 행복한가?' '무엇이 나를 행복하게 하는가?'라는 질문에 접했을 때 행복의 정의는 분명 십인십색으로 나타날 것이다. 또 한편으론, 모든 사람들이 행복해지기를 원한다는 것은 하나의 가설에 불과하다. 대부분의 사람들은 놀랍게도 행복해지는 것을 두려워한다.

우리는 주변 사람들을 화나게 하고 기분 나쁘게 하는 일에 있어서는 숙련된 기술자처럼 어려움이 없지만 그들을 기분 좋게 하는 것은 힘든 일로 여긴다. 화를 내는 데는 당당하고 거침이 없으면서도 다른 사람을 행복하게 하고 기쁘게 하는 노력은 닭살이 돋는 일로 친다.

설사 비참해지는 것을 감수하고라도 길들여진 것에 안주하는 사람은 행복해지기 위한 결단과 용기가 필요하다. 화를 내야만 기운이 나고 남을 누르고 이겨야만 살 맛이 나는 사람은 행복해지기를 거부하는 사람이다. 어떤 조건을 갖추기까지는 행복할 수 없다고 믿는 사람은 행복과 허영 혹은 행복과 욕망을 혼동하는 사람이다. 행복하게 보여지는 것과 행복해지는 것을 착각하는 사람이다.

우리는 그리워하는 것이나 오래 동경해 온 것들을 접할 때 행복하다. 알리스 파머는 행복해지기 위한 조건으로 날마다 무언가 아름다운 것을 볼 것과 새로운 것을 배울 것과 무언가 남을 위한 일을 할 것을 충고하고 있다.

행복은 자신의 가치를 인정하고 다른 사람과 깊은 교제가 가능하며 삶을 사랑하는 태도에 있음이다.

슬픔에 대하여

우리가 느끼는 슬픔의 정도는 애정이나 다른 감정이 그러하듯이 주변의 상황이나 그가 처한 다른 여건과 무관치 않다. 입술을 삐죽거리며 울음이 차오르는 아이가 역성 들어 줄 사람이나 자기 엄마의 모습을 발견하는 순간 참았던 설움을 터뜨리듯이, 슬픔이 표현되는 데는 무언가 믿고 기대되는 구석이 있어야 한다. 천지사방 기댈 데라고는 없는 적막한 처지의 사람은 슬프다고 왕왕 울지 않는다. 속내에 아무 기운도 남지 않은 사람의 울음은 목젖까지만 차오를 뿐 더 이상 솟구쳐 나올 힘을 얻지 못하는 탓이다.

공간상의 거리도 차별적 슬픔을 만드는 여건 가운데 하나다. 오매불망 못 잊는 가족의 부음이라 할지라도 수만 리 밖에서 듣는 것과 지척에서 접하는 것과는 커다란 차이가 있다. 슬픔의 성격은 같을지라도 일상의 반경에 들어 있지 않은 곳의 사건들은 꿈인 듯 생시인 듯 그 절절함에 있어 현실감이 떨어진다. 오랫동안 마음속에 지니고 있던 모습들은 그 변화된 실체를 대하고 난 뒤에도 쉬이 자리바꿈이 되지 않듯이 멀리서 전해 듣는 소식만으로는 절실한 상실감을 뒷받침하는 현실성이 수반되기 어렵다.

슬픔이 슬픔으로 남겨지기 위해서 우리에게 필요한 것은 이를 수용할 만한 심적인 여유와 더불어 주위로부터 인정되는 그 감정의 정당성이다. 대체로 생활에 책임을 지고 있는 사람이나 독립적인 사람일수록 예기치 않은 감정에 엄격하다. 비빌 언덕이 없는 사람들도 슬픔을 수용하고 인정하기보다는 그로부터의 도피를 꾀한다. 어떤 이는 마치 아무 일도 없는 듯이 무표정한 태도로 감각을 둔화시켜 아픈 현실을 외면한다. 술이나 마약 또는 도박 같은 중독성 있는 수단에 의거해서 고통스런 상태로부터의 도피를 꾀하기도 한다.

고대 그리스 시대 이후로 세계 연극의 기본 요소는 카타르시스였다. 카타르시스는 원래 의학적인 용어로 소화가 되지 않고 뱃속이 거북할 때 쓰는 관장 치료법이었다고 한다. 이는 아리스토텔레스가 시학에서 비극 작품 속에 푹 젖어들어 눈물을 흘리고 난 뒤 느끼게 되는 정신적인 정화를 카타르시스라고 명한 뒤부터 눈물이 가진 효과를 일컫는 용어가 되었다. 생의 덧없음을 염두에 두고 사는 사람은 어떤 슬픔도 껴안을 줄 안다. 물처럼 흐르는 삶에는 그 삶 자체에 카타르시스의 과정을 포함하고 있다.

자살에 대하여

    친지의 예기치 않은 부음에 있어 명백한 사고사가 아니면 심장마비 내지는 뇌졸중 같은 급사의 보고를 듣는 경우가 허다하다. 종교적 관점 때문에 특히 자살한 가족을 둔 사람들이 기독교인일 경우 그들이 감당해야 할 심적 고통과 두려움은 실로 지대하다. 그 가족들이 겪게 되는 죄책감과 부끄러움은 상실감과 슬픔 못지않게 커다란 고통이다. 그 고통을 헤아리면 왜 자살이 다른 병명으로 은폐되는지 이해할 만하다. 그러나 성경 어디에도 자살이 구원에서 제외되거나 신의 징계를 받아 마땅한 죄라고 명시된 구절은 없다. 자살을 죄라고 단정 짓는 것은 살인하지 말라고 한 계명을 근거로 자살을 살인으로 확대 해석하기 때문이다.

    종교적인 이유 외에도 자살에 대한 일반적 편견이 몇 가지 있다. 그 첫째는 자살은 오직 별난 사람이나 온전치 못한 사람이 한다는 견해다. 자살은 이러지도 저러지도 못하는 무력감이라는 벼랑의 끝에서 내리는 결정의 하나다. 자살은 견뎌낼 수 없는 격정의 탈출구로 선택되기도 한다. 비록 정도의 차이는 있을지라도 누구나 한번쯤은 자살을 생각하게 하는 자리에 서 보았을 것이다. 둘째로 흔한 편견은 자살하겠다는 사람치고 정말로 죽는 사람 없다는 확신 아닌 확신이다. 자살을 염두에 둔 것 같은 사람을 보면 그를 경청하고 관심을 가져야 한다. 자살하는 이들은 사전에 이미 말이나 행동으로 충분한 힌트를 보인다는 통계가 있다. 셋째로 자살에 대한 언급 자체가 자살에 대한 아이디어를 제공할 수 있다는 편견이다. 자살이 극단적인 고립감 속에서 취해지는 방편이라면 재고할 수 있는 기회를 갖게 함으로써 자성하고 다른 돌파구를 찾는 계기를 마련할 수 있다. 넷째로 한 번 자살 의지를 가졌던 사람은 언젠가 반드시 자살을 시도한다는 의심이다. 자살 시도는 감정적인 고통이나 삶에 대한 회의와 결부되어 있으므로 상황이 변하면 생각도 바뀔 수 있다. 끝으로 오랜 우울증, 정신 분열증 또는 조울증 등의 경우 10%~25%에 가까운 숫자가 자살로 생을 마감하는 것을 고려할 때 어려움 가운데 있는 이들을 향한 보다 깊은 이해와 관심이 요구된다.

자유함을 위하여

키에르케고르는 인간은 과거로 넘어간 시간 속의 경험과 환경, 선택을 통해 현실을 맞게 되며 주어진 현재의 여건과 제한 속에서 나름대로의 자유를 행사함으로써 미래의 가능성을 여는 존재라고 이해하였다. 자유가 있음은 여유로운 공간을 가졌음을 뜻한다. 과거의 기억, 원한, 회한 등에 사로잡힌 사람은 자유가 과거에 속박 당한 사람으로 더이상 자유인이 아니다.

영어로 부리와 발톱의 철학(PBC: Philosophy of break and claw)이라는 말이 있다. 이것은 서로 쪼고 할퀴는 파괴적이고 경쟁적인 삶의 양태를 말한다. 언짢은 기억이나 분한 언사, 얼굴 화끈한 실수 등을 머리터지게 간직하고 있는 한 우리가 생각할 수 있는 것은 시원한 분풀이내지는 한 번 화끈하게 갚아주는 일 같은 것 뿐이다. 즉 PBC를 행사하는 삶의 유형이다. 이는 과거에 묶여 자유함을 포기함으로써 미래의 가능성까지 포기하는 고달픈 인생의 유형이기도 하다. 머릿속에 여유로운 공간을 갖고 있지 않으면 융통성 있는 사고를 할 수 없다. 우리의 마음과 기억 속에 공간을 지니기 위해서는 잊을 것은 잊고 마음으로부터 떠나 보내야 할 것은 떠나보내야 한다. 그래서 새로 맞이하는 새해나 새로운 상황마다 놓여진 가능성을 최대한으로 받아들일 수 있는 공간으로 삼아야한다.

일본 헤이찌시대 한 대학교수가 선의 최고봉이라 불리는 나니인을 찾아가 한 수 배우고자 하였다. 나니인은 그 손님에게 차를 대접하면서 그의 찻잔 가득히 차를 따랐다. 대학교수는 찻잔이 흘러 넘치는 데도 계속 차를 부어대고 있는 나니인을 보다 못해 가득 차서 더 이상은 들어갈 수 없지 않느냐고 물었다. 나니인의 대답은 "마치 이 잔처럼 당신은 당신의 의견과 생각으로 온통 가득 차 있는데 먼저 당신의 잔을 비우지 않는 한 내가 어떻게 당신에게 선을 보여줄 수 있겠는가?"였다.

선을 하는 태도와 가장 연관이 큰 것이 골프라고 한다. 타미 아모어는 그의 유명한 저서에서 골퍼들에게 한 번 실수한 샷에 대해서는 왜 잘못한 것인지를 절대 생각하지 말고, 어떻게 해야 그 다음 번 샷을 할 때 잘할 것인가 만을 생각하라고 권유하고 있다. 새해를 맞으며 우리는 지난 일보다는 우리 앞에 놓여진 가능성을 생각해야 한다. 그 가능성은 전적으로 우리가 하는 선택과 의지에 달려 있고 그것은 바로 우리의 자유함에 달려 있다. 보다 자유함을 위하여 마음과 기억을 비울 때이다.

성숙의 의미

　우리는 누구도 사물을 거울로 비춘 듯 있는 그대로 보지 않는다. 처음 대하는 사람이나 풍경을 보면서 어디선가 본 듯한 낯익음을 느끼기도 하고, 또 어떤 때는 이미 익숙한 일이나 대상인데도 전혀 모르던 것인 양 낯설음을 타게 되는 경우도 경험한다. 전자의 경우를 '데자부' 후자를 '자메부'라고 한다. 흔히 말하는 대로 우리는 저마다의 색깔이 든 안경을 쓰고 사물과 대상을 접하고 있는 것이다.

　성숙한 인격의 첫 번째 조건은 이러한 데자부나 자메부의 현상을 넘어 자신과 주변 세계를 객관적으로 보는 안경을 갖는 것이다. 객관적으로 자신을 본다는 것은 자신의 장점과 단점을 똑같이 자신의 일부로 수용함으로써 스스로의 갈등으로부터 자유로워지는 일이다. 주변 세계를 객관적으로 본다는 것은 자신이 처한 문제나 관심사와 무관한 대상들 즉 나무, 꽃, 행인의 미소 같은 주변의 일상에서 의미와 기쁨을 발견하는 것이다. 생활 속의 단순한 것들을 음미할 수 있음이 성숙함의 척도다.

자신의 처지에만 머물지 않고 시야가 막히는 지평의 끝을 넘어 인생의 신비와 우주의 광활한 면에 심취하면서도 삶의 현실에 직면하는 능력을 꾸준히 개발해 가는 사람이 성숙한 사람이다. 그리하여 주변과 자신을 객관적으로 바라볼 수 있는 사람은 성숙한 사람이다. 충동을 지연시키고 자제력을 잃지 않으면서도 새로운 도전에 응하고 변화를 수용하며 견해가 다른 이들을 인내하고 한 걸음 더 나아가 존중할 수 있는 사람이다. 타인과 더불어 경험의 폭을 넓혀 가는 나날의 생활이 나이와 더불어 점점 그 지평의 경계가 넓어져 가는 삶은 성숙한 삶이다.

인복(人福)

　인생을 살면서 경험하는 다양한 일들 가운데 행운이나 뜻하지 않은 도움의 손길을 한 번도 느껴보지 않은 이가 있을까. 우리말로 복이라고 하는 것은 거저 주어지는 것이나 우연히 누리게 되는 것을 뜻한다. 재물·명예·건강·장수·자손 심지어 죽음 복에 이르기까지 살면서 우리가 누리고자 하는 것을 노력만으로는 안 되는 한계를 수긍하면서 희망하게 되는 덕목들이다. 그런 복 가운데 인복이 가장 중요하다는 말을 어렸을 때부터 들어왔다. 인복은 살면서 만나게 되는 사람들, 즉 가족 구성원을 포함해서 주변 사람들과 관계된 복을 말한다. 자식은 부모를 잘 만나야 하지만 부모도 자식을 잘 만나야 한다는 말이 있다. 조건 없는 사랑을 느끼고 행하는 부모와 자식 사이에서도 개인간의 차이가 인정될 수밖에 없고, 또한 상호간의 이해와 노력이 없이는 피차 어려운 관계가 될 수도 있다는 의미다.

　구한말 의사 이제마는 인간의 질병은 인간의 희노애락 가운데 '투현

질능(妬賢嫉能)'에 있다고 하였다. 그는 천하의 대병은 현인을 미워하고 능력 있는 자를 질시하는 것에 있다는 의미다. 사람들은 겉은 멀쩡하고 육신은 건강해 보이지만 다른 사람에 대한 질투와 시기로 심하게 병들어 있는 경우가 많다. 동료 간의 질시는 물론 부모와 자식 간, 부부사이 형제 자매 가운데도 보여지는 경쟁 심리와 시기 질투가 마음을 병들게 하고 인간관계를 멍들게 하는 요인인 것을 생각하면 인복이 의미하는 것이 참으로 크다는 것을 알 수 있다.

우리 인생에 모르고 살았으면 나았을 것이라고 믿어지는 사람이나 만나고 알게 됨으로써 병이 된 인간들이 얼마나 많은가. 어려움이나 불행한 일을 당했을 때 우리를 정말로 힘들게 하는 것은 우리가 당한 일 자체가 아니라 주변 사람들로부터의 처우나 관계상의 어려움인 것이 대부분이다.

나는 누구에게 인복을 끼치는 사람인가 아니면 행여 천하대병으로 쳐지는 사람인가. 내가 가진 인복을 헤아리기에 앞서 내가 서 있는 위치를 먼저 따져봄이 순서일 것이다.

기억과 상상

    인생의 의미는 우리의 경험에 의한 기억과 꿈이 있는 상상이 어우러진 결과다. 기억은 우리의 과거이고 상상은 우리를 미래로 인도한다. 우리가 어떠한 사람인가는 다른 말로 '우리가 어떠한 기억의 사람인가'이다. 기억은 선별적임이 특징이며 부정적인 것일수록 선별상에서 제외됨이 없다. 아홉 번 잘하고 한 번 잘못하면 도로아미타불이라는 말은 이를 단적으로 표현한 것이다.

    포드 자동차에서 소비자의 만족도에 대한 설문 조사를 했다. 그 결과, 제품이나 사후 서비스에 만족한 소비자들은 평균 두 명의 사람에게 그 경험을 나눈 반면, 불만족한 이들은 평균 열 세 명의 사람에게 불평을 토로했다고 한다. 여러 경험 가운데서 우리는 고운 것보다는 추한 것, 사랑보다는 미움, 배신 등에 대한 기억들을 잊지 못해 한다.

    심리학적 연구에 의하면 성인들이 겪는 여러 어려움들의 씨는 그들이 겪은 경험 속에 내재해 있다고 한다. 학대받고 자란 아동들이 모두 문제아가 되는 것은 아니지만, 연쇄 살인범의 거의 전부가 아동 학대의 피해자라는 통계는 기억에 좌우된 인생의 단적인 예다. 우리와 우리의 기억 사이에는 힘의 역학이 작용한다. 우리가 우리의 기억들을 선별하고 통제하지 않으면 기억들이 우리를 조정하고 이끌고 다니게 된다. 옷장을 정리하듯 기억의 창고에 들어가 버릴 것은 버리고 간직할 것은 간직할 때 우리는 비로소 우리 기억의 주인이 된다.

불교에서의 비움, 기독교에서의 새사람의 비유는 우리 기억의 정리와 맥이 닿아 있다. 기억의 쓴 뿌리를 정리한 자리에 내일을 향한 상상을 들여 올 수 있다면 우리는 과거에 지배됨 없이 내일을 향해 나아갈 수 있다. 기억과 상상의 추를 적절히 안배하여 어제보다는 내일, 내일보다는 현재를 충만되게 산다면 우리는 훗날 후회 적은 기억의 주인공이 될 것이다.

개성(個性)

　흔히 볼 수 없는 모습의 품격을 갖춘 사람이나, 파격적인 행동 가운데서도 정도를 그르치지 않는 사람들에게서 찾아지는 멋을 가리켜 개성이라고 한다. 개성은 사회에서 부여한 일정한 기준이나 그 당시의 유행에 따른 기대치와는 상관이 없으면서도 구태의연하다거나 기이하지 않다. 개성은 그 사람이 가졌을 법한 기호와 취향에 섣불리 농을 건넬 수 없는 진지함과 깊이가 있으며, 파격을 두려워하지 않는 대담함과 정신적인 자유스러움이 어우러져 강한 흡인력을 동반한다.

　사람은 신체적·지적·사회적·정신적 그리고 감정적인 측면의 요소들이 종합되어 구성된 구조물과도 같다. 정신분석학자인 알프레드 애들러는 인간은 누구나 제각기 다른 측면에서 다른 종류의 깊은 열등감을 갖고 있다고 보았다. 각자의 열등감을 어떻게 극복해 가느냐에 의해 그 사람의 인격의 발달에 차이가 남은 물론 인생의 성패가 좌우되기도 한다. 개성은 자신이 가진 장점은 물론 특유의 결점내지는 컴플

렉스를 인정하고 이를 고유한 방식으로 수용하고 표현하는 데서 드러난다. 자신이 가진 열등감을 인정하는 데는 문제를 직시하는 용기와 자기가 스스로의 삶의 주인이 됨을 확인하는 주관이 요구된다. 개성은 바로 각자에게 주어진 다양한 측면의 구성 요소들을 어떻게 소화하고 표현하며 누리고 사는가에 따른 결과보고 같은 것이다.

키의 크고 작음과 경중(輕重)의 몸무게 때문에 남에게 폐를 끼칠 일이 없는데 다른 사람들에게 자신의 생김새를 굳이 변명할 필요가 없듯이, 남보다 모자란다고 여겨지는 어떤 점을 두고도 맥없는 타인들 앞에서 쭈뼛거리며 졸아들 이유가 없다. 마찬가지로 한 번만 곰곰이 생각해 보면, 내 잘난 맛으로 남 앞에서 으시댈 하등의 이유도 없고 잘난 사람들 앞에서 공연스레 기죽고 꿀릴 이유 또한 없는 일이다. 잘난 사람 잘난 대로 살고 못난 사람 못난 대로 사는 게 인생사이고, 제 떡 저 먹고 내 떡 나 먹고 사는 세상에 스스로 당당하지 못할 이유가 무엇인가. 그 어떤 관객보다도 스스로를 심판관으로 삼고 사는 이는 소신껏 사는 사람이며 개성은 그런 이에게 고유하게 붙여지는 브랜드와도 같다.

화의 미덕

친구가 중상모략을 당하거나 누군가가 명백하게 자기를 모욕하는데
도 화가 안 난다거나 화낼 일이 아니라고 넘어가는 것은 노예근성 탓
이라고 지적한 이는 아리스토텔레스였다. 그는 한 걸음 더 나아가, 화
가 미덕인 다섯 가지 경우를 들었다. 첫째는 정당한 이유가 있어서 내
는 화이다. 둘째는 화를 내야할 올바른 대상을 향해 내는 화이고, 셋째
는 올바른 방법으로 표현되는 화이며, 넷째는 적당한 때에 내는 화이
다. 다섯째는 적절한 시간 동안만 화를 내는 경우이다.

화라는 감정은 우리가 가진 다른 여러 성정처럼 때때로 자연스럽게
일어나는 감정이다. 감정 자체는 좋을 것도 나쁠 것도 없는 현상이다.
도덕적이고 윤리적인 판단은 우리가 그 감정으로 인해 차후로 어떤 생
각을 품게 되고 행동하게 되는가에 따른 문제다. 불의를 보고도 화가
나지 않는 것이 노예근성 때문이 아니라면 치료가 요구되는 불감증 탓
일 것이다. 자신의 안익 앞에서는 정의와 불의가 더 이상 문제가 안 되

는 사람은 인종 차별이나 인권의 유린 앞에서 태연할 수 있다. 사회의 개혁이나 인권 운동은 불의에 항거하는 사람들의 분노와 함께 출발되고 그 힘이 다수의 선을 도모하는 선한 의지로 승화된 결과로 성취된다. 종교 개혁자인 마르틴 루터는 자신이 화가 났을 때 기도와 설교를 더 잘하게 된다고 고백함으로써 화에 긍정적으로 대처하는 면모를 보여주었다.

화를 느끼거나 화내는 자체를 나쁜 일로 인식시키는 것은 잘못된 일일 뿐 아니라 위험한 일이다. 화를 부정하고 피하고 넘어가는 일이 반복되면 결국에는 화가 초래하는 파괴적인 악덕이 횡행할 수밖에 없게 된다. 성경 어디에도 화를 내지 말라는 구절이 없음은 의미심장하다. 화내지 말라고 하지 않고 화를 내되 더디게 내며 화를 끌어안고 해를 넘기지 말라고 함으로써, 화가 날 때 이를 인정하고 풀고 넘어갈 것을 권면하고 있다. 화를 꾹꾹 누르고 포커 페이스(poker face)로 사는 사람들은 자신의 주변에 지뢰를 묻어가고 있는 사람들이다. 화가 나도 싸움을 하지 않는 부부는 서로간에 철옹성을 쌓아 가는 사람들이다. 상대방에게 안전하게 화낼 기회를 주는 것이야말로 건강한 관계를 위한 지상 최고의 보험이며 사려가 깃든 서비스다. 그게 아니라면 비온 뒤에 땅이 굳어진다는 말의 의미가 무엇이겠는가.

애송시에 부처

　"가야할 때가 언제인가를 분명히 알고 가는 이의 뒷모습은 얼마나 아름다운가." 시인 이형기 님의 「낙화」라는 시의 첫 소절이다. 수십 년이 지난 지금껏 처음 읽었을 때 가슴 깊숙이 울리던 감동도 그대로인 채 이따금 새삼스레 내가 서 있는 자리를 돌아보게 한다.

　도덕경에 의하면 가야할 때를 알고 가는 이는 성인의 경지에 이른 사람이다. 성인은 곧 일은 이루되 집착하거나 머무르지 않으며, 때가 되면 자기가 성취한 것에서 떠나 자연으로 돌아가는 이를 일컬음이다. 기독교의 전도서에도 천하의 범사가 기한이 있고 모든 목적이 이루어질 때가 있음을 노래하고 있다. 도교에서 말하는 마음을 비우는 것과 영어의 열린 마음(openmindedness)은 비슷한 의미를 지닌다. 즉 어떤 것에 집념을 보이거나 집착하지 않고 항상 새로운 것을 받아들일 수 있는 수용의 자리가 있게 함이다. 빈 그릇이라야 무엇을 담을 수 있듯이 마음을 비우고 열어 둘 때만 쓸모 있게 된다는 의미이다. 인생의 끝을 헤아림 없이 나이를 더해 가는 사람이나 일을 이룬 뒤에도 자족함 없이 더 큰 욕심을 내는 사람들은 늘 분주하고, 송곳처럼 날카롭고, 매사를 서릿발 선 듯 외수없이 정확하고 서늘하게 처리한다. 이에 반해, 때를 헤아리고 기한을 염두에 두고 사는 삶은 인간사의 신비함과 애매함을 인정하고 수용하는 삶일 것이다. 에리히 프롬은 항상 끌어 모으고 한 푼이라도 손해 보지 않나 싶어 전전긍긍하는 사람은 그 사람이 무엇을 소유하고 있건 간에 정신적인 극빈자라고 정의했다.

많이 가진 자가 베푸는 것이 아니고 마음이 부유한 사람이어야 베풀 수 있다. 베푸는 능력은 그 사람이 가진 정신적인 풍요로움에 근거한다. 베품은 또한 물질적인 것에만 한하지 않는다. 살면서 나누는 사람 간의 기쁨·이해·지식·유머·슬픔 등의 모든 표현을 통해 다른 사람의 삶을 윤택하게 하는 것이면 모두 베품을 통해 나눌 수 있음이다. 가릴 것은 가리되 모른 척해야 할 것은 모른 척하고 넘어가 주는 것도 베품을 아는 이의 자세이다. 「낙화」의 마지막 시구처럼 "샘터에 물 고이듯 성숙하는 내 영혼의 슬픈 눈"으로 주변을 보게 된다면 우리의 눈을 만나는 이마다 아름다움을 읽고 가지 않겠는가.

이별의 미학

　이별은 나름대로 강한 인상을 남긴다. 이별은 영결이나 살아낸 날들, 단절된 크고 작은 꿈과 기대, 일상에서 사라져간 경험들을 포함한다. 누군가를 떠나 보내는 이별이고 보면 면면히 흘러가던 시간의 한 중턱에 깃대가 꽂히고 마냥 계속될 것 같던 일들의 마감을 봄으로써 새삼스레 충격을 경험한다. 그것은 우리가 언젠가는 이 땅을 남겨두고 떠나갈 사람들이라는 인식에 닿아 있다. 영원히 살기라도 할 듯 앞만 보며 달려온 인생의 끝이 의식의 저변으로 다가서는 동안의 파장이다.

　이별은 많은 이들에게 상실과 절망의 빛깔 이상은 아닐지 모른다. 그러나 얼마나 많은 인간사가 지속되는 상황에서 더 큰 상처를 내는지, 더 큰 실망과 아픔을 겪게 하는지 누구나 마음만 먹으면 쉬이 떠오르는 대상이나 기억 하나쯤은 있을 것이다. 자칫 무미건조해지기 쉬운 인간관계는 쓰임새 없이 쌓아둔 물건들처럼 그저 그렇게 해가 묵어간다. 그 위로 부질없는 질시나 맥없는 짜증이 먼지처럼 내려앉을 때 더욱 낡고 초라해지는 관계가 되기도 한다.

하여 이별이 곧 상실이라는 등식은 성립되지 않는다. 작은 차이로 앞
서거나 뒤서거니 주어진 시간을 살다가는 우리의 삶은 지난 날, 현재
그리고 앞으로의 시간이 똑같은 무게로 달아지고 그 편린들에 의해 형
태가 완성되어 간다. 그렇다면, 지속되는 것만이 의미가 있다고 누가
말할 수 있을까. 헤어짐으로써 도리어 오롯이 남은 첫사랑이나 첫키스
의 기억은 이별한 날들의 아픔으로 방부되어 그날의 모습 그대로 남겨
진다. 칼릴 지브란은 산은 평원에서 볼 때 더욱 뚜렷이 드러나듯이 사
랑은 그 대상이 부재할 때 더욱 선명해지므로 헤어짐을 슬퍼하지 말라
고 노래한다.

햇살과 비를 받고 여무는 작은 꽃씨처럼 우리 인생도 웃음과 눈물로
마무리된 하고 많은 헤어짐과 더불어 여물어 간다. 향기로운 내일을
약속하는 여러 빛깔의 꽃씨 내지는 해가 갈수록 그 향이 더해 가는 포
도주 같은 인생으로 빚어지게 한다. 잊은 듯 묻어둔 기억 위로 쌓인 먼
지를 닦아내 보면 우리가 살아온 이별의 얼굴을 볼 수 있을지 모른다.
책갈피에서 발견되는 빛 바랜 꽃잎이나 솔가지 태우는 매캐한 냄새 속
에서 살아오는 지난날의 흔적 속에 자리한 이별. 이별은 언제고 체온
의 따사로움과 금방 날아가 버리는 향기의 아쉬움 그리고 쓸쓸한 정서
를 동반하는 까닭에 가을 날 그 모습이 더 선명해 오는지 모른다.

마이 웨이(My Way)

　이탈리안 레스토랑에 가면 감미로운 프랭크 시나트라의 마이 웨이가 곧 잘 흘러나온다. 인생의 마감을 예감하면서 자신이 살아온 인생에 후회가 없음을 노래하는 까닭에 많은 사람의 자긍심을 고무시키는 노래이기도 하다. 남이 뭐라고 하든지 자신의 길을 가는 사람은 그의 길이 논어에 나오는 수사선도의 경우라면 멋있는 사람이다. 즉 선한 길로 가기로 작정을 했으면 누가 방해하거나 죽임의 위협이 있더라도 가야함의 의미다. 허나, 우리 삶에 그런 경우가 얼마나 되겠는가. 자신의 주관에만 의지해서 결정을 내리고 한 번 결정한 것은 절대 번복하지 않으며 사소로운 일에도 양보가 없는 독불장군격인 사람들에게 공통된 점이 하나 있다. 바로 그들이 가진 획일된 시야, 즉 터널 비젼(turnal vision)이다. 눈 수술을 하고 난 뒤 빛의 과잉 유입을 막기 위해 눈 양 측면을 차단시킨 보호 안경을 쓴 때처럼 좌우측면이나 주변을 돌아보지 않고 한 방향만 똑바로 보게 되는 경우다. 터널 비젼을 가진 사람은 외곬이며 원칙론자이다. 어떤 일을 하거나 문제를 해결하는데 있어 오직 한 가지 최적의 방법이 있다고 믿는다. 새로운 것이나 변화를 받아들이기보다는 차라리 그러지 않음으로써 생겨날 수 있는 차후의 고통을 참는 것이 낫다고 여긴다.

　삶의 형태를 바꾸는 원칙의 하나로 행동 수정(behavior modification)이 있다. 행동 변화를 위해 변화된 생각을 도모하기보다는 자신이 가진 부적절하고 부정적인 생각이나 느낌과는 반대된 행동을 즉각 취함으로써 변화를 꾀하고 행동을 수정하는 방법이다. 바쁠수록 돌아가라는 우리 속담과 일맥상통하는 내용이다. 급한 기분이 들수록 천천히 움직이고, 뻔한 일에도 이견을 보이는 사람에게도 강요하거나 흥분된 주장을 펴는 대신 상대방의 의사를 참을성 있게 들어보는 방식이다. 일상에서 짜증나고 조바심 나는 때면 그에 반대되는 유쾌하고 여유 있는 행동을 취함으로써 스스로의 행동거지를 새롭게 재단해내는 것이다. 늦었다고 생각할 때가 가장 빠른 때라고 했듯이 자신의 방식을 재고해서 향상 시키는 데는 나이를 막론하고 결코 늦은 때라는 것은 없다. 마이 웨이가 만인의 모범이 되는 종류라면이야 얼마나 뜻깊은 삶이겠는가.

우아한 퇴장

공연이 끝나고 무대를 떠나는 공연자들을 향해 관객들은 우레와 같은 박수로 감사와 아쉬움을 표현한다. 공연의 성패나 환호의 정도에 상관없이 공연자들은 공연이 끝나면 우아하게 퇴장을 한다. 각자의 삶의 무대에서 모든 사람들은 저마다 떠나야 하는 순간들을 만난다. 떠남의 이유야 나이에 따른 성장 때문일 수 있고, 인간관계의 변화나 마감일 수 있고 인생의 종말일 수도 있다.

어머니로부터 독립되어 성장하는 것을 방해받거나 꺼려서 심리적으로 머뭇거리는 아이는 마마보이가 되거나 어리광쟁이 어른이 된다. 혼자서는 사소로운 결정을 내리기도 어렵고 어려운 일 앞에서 도망치거나 무책임한 어른이 되는 것이다. 지속되지 않는 일이나 사람 관계 때문에 상처를 받고 마음속에 깊은 회한이나 쓰라림을 간직하고 사는 사람은 마치 출구를 찾지 못해 나가지 못한 채 방황하는 사람에 비유될 수 있다. 어떤 이유에서든 자신과 관계를 끝내는 사람을 원망하고 질시하고 한탄하기보다는 같이했던 시간 속에서 가치 있던 일과 기억들을 간추리고 인정한 뒤 나머지는 마음속에서부터 떠나 보내는 과정이 필요하다. 원하지 않는 결과가 나왔대서 지나간 세월에 있었던 모든 일을 부정하고 후회하고 자책하면서 시간을 보내는 사람은 공연이 끝났는데도 무대를 떠나지 못하는 공연자처럼 딱하고 안된 사람이다. 설령 실패감과 그로 인한 상처가 있을지라도 하나의 마감은 다른 가능성을 향한 새 출발의 전주일 수 있음을 인정하며, 그 관계를 정리하고 떠나 보내는 사람은 그로부터 우아하게 퇴장을 하는 사람이다.

인생의 마지막을 잘 마무리함도 떠남을 아름답게 장식하는 예다. 인생은 그 누구에게도 예외 없이 끝이 있으며 대략 칠팔십 년을 전후로 마감되거나 그나마 그것도 보장된 것은 아님을 알면서도 많은 사람들은 언젠가는 삶에서 퇴장해야 하는 때가 옴을 헤아리지 않고 산다. 병원에서 채플린으로 일하면서 많은 사람들의 임종을 지켜보았다. 신생아에서부터 노인에 이르기까지 다양한 죽음 앞에서 경험한 새로운 사실은, 나이가 저절로 사람들을 성숙시키는 것은 아니며 노인이 젊은이보다 더 의연하게 죽음을 받아들이는 것도 아니라는 점이다. 자의든 타의든 떠나야 할 때임을 헤아려 알고 이를 우아하게 받아들이는 삶은 주위에 덕을 끼치는 삶이다.

가라오케와 라인댄스

한국의 미학자 조동일 교수는 한국인이 민족의 일원으로 자부하기 위해 필요한 자격 세 가지로 첫째는 우리말을 모국어로 삼는가. 둘째는 김치를 먹으면 맛이 있는가. 셋째로 판소리를 들으면 즐거운가를 들고 있다. 판소리를 이해한다는 것은 우리 민족의 정한을 이해해야 한다는 의미로 들어야 할 것이다. 판소리가 서민의 소리였던 옛날과는 달리 현세대에 있어서는 서양의 클래식 음악처럼 문화 운동을 하는 의식 있는 사람들에게나 제한적으로 관심을 받는 것을 고려할 때, 일반 인들에게는 보다 가까운 우리 가요로 그 세 번째를 대치하면 어떨까 생각해 본적이 있다.

노래는 여럿이 함께 부르면 흥이 더하는 것으로, 우리 옛 선인들은 흥이 고조되면 마음이 즐거울 뿐 아니라 깨끗하게 정화됨을 믿었다. 신라시대 미소년들의 모임인 화랑도에서는 무예를 겸비한 학습을 쌓았다. 신라시대의 사상을 주도한 원효는 광대 스승에게서 춤을 배워

전국을 돌아다닐 때 노래하고 춤을 춘 것으로 전해온다. 이조시대의 유학자인 이황은 아이들로 하여금 스스로 노래하고 춤추며 뛰게 함으로써 비루한 마음을 씻어내고 발랄하고 능통하게 할 것을 강조했다.

언어와 문화가 다른 곳에서 살고 있는 이민생활에서 마음이 맞는 사람들과 어울려 우리의 정감 어린 가요를 부르고 즐거운 음악에 맞춰 가볍게 춤을 추는 라인댄스는 이런 의미에서 즐거움뿐만이 아닌 전인적인 카타르시스를 유도하는 건전한 놀이 문화의 일환으로 볼 수 있다. 고대국가 이래로 가무를 즐기는 민족이라고 문헌에 소개되어 온 우리 민족은 가라오케와 라인댄스를 통해 자연스레 그 맥을 이어 가면서 흥이 살아 넘치는 생활을 할 수 있으리라 믿는다.

스타일—무언의 언어

아름다움을 원하고 미를 추구하는 것은 인간이 가진 절대적인 욕망 가운데 하나다. 수천 년간 인간은 사회에서 손가락질받지 않기 위하여 정해진 규칙을 따르는 복장을 갖추거나, 이성의 관심을 끄는 치장을 하고, 장신구를 이용한 꾸밈새로 신분이나 지위를 드러내기도 하였다. 문화·신분·계층의 차이에 의해 미에 대한 기준이나 관점이 달라졌는데, 미는 영향력 있는 사람에 의해 논해지고 척도가 정해졌으므로 스타일은 곧 권력과 연결된 것이기도 했다.

현대인의 패션은 디자이너와 유명 스타들에 의해 주도되고 일반인들에게 부여되는 것 같지만, 그 바탕에 시시때때로 노리는 목적과 더불어 사람들의 마음에 호소하는 심리학의 기본 원칙을 깔고 있다. 자연과의 조화나 생동감을 표현할 때는 녹색을 쓴다거나 진실한 의사 전달을 도모하기 위해 연사나 청중 앞에서는 스피커들에게 진한 남색의 복장이 권유된다거나 하는 것들이 그 예이다. 눈여겨보면 미국의 퍼스트레이디들이 가장 즐겨 입는 투피스가 쪽빛 남색 즉 로얄 블루인 것을 발견할 수 있다. 그 밖에도 피곤을 이기고 활기 있어 보이게 할 때는 빨강을, 생각을 정리하고 이성과 감성이 잘 어우러지는 분위기를 위해서는 노랑을 권한다고 한다. 색조가 단순히 분위기를 조성하는 데 그치지 않고 그 사람이 가진 용기·에너지·친절·신뢰성 등을 드러내는 효과와도 관련이 됨이다.

색조는 비단 스타일과 관계된 것만은 아니다. 고대 이집트에서는 자연 광선에 섞여 있는 파장의 차이에 따른 빛의 색깔이 신체와 정신 건강에 영향을 미친다는 점에 착안하여 색조 치료법이 시행되었다. 섹시한 여자를 여우 취급했던 중국에서도 눈 화장을 비롯한 색조 화장은 수양제 때부터 이미 페르시아에서 수입되었다. 패션과 메이크업 등을 통한 칼라 코디네이션은 말하는 것 이상으로 강력한 자아 표현의 한 형태이다.

한 사람의 전체 스타일은 곧 강한 메시지를 온몸으로 전달하고 있는 무언의 언어인 셈이다. 스타일이 곧 그 사람의 인성이며, 개성·복지·자긍심의 독자적 표현인 것을 고려할 때 우리는 우리의 등장이 다른 사람에게 소리 없는 아우성인지, 지루한 독백, 친근한 대화 또는 내용 없이 장황한 연설문인지 신경을 쓰지 않을 수 없다. 하루를 시작하기 전 거울 앞에 서서 우리는 우리 자신을 모든 방법을 통해 잘 전달하고 있는지 한번쯤 스타일 점검을 해봄직하다.

한 잔 술의 이해

'친구보다 좀 더 높은 자리에 있어 본댔자, 명예가 남보다 뛰어나 본 댔자, 또 미운 놈을 혼내어 본다는 일 그까짓 것이 다아 무엇입니까. 술 한 잔보다 못한 대수롭지 않은 일들입니다.' 시인 노천명의 「별을 쳐다보며」라는 시의 구절이다. 여기서의 술 한 잔의 의미는 술잔을 나 누는 사람간의 공감대 혹은 사색하는 마음을 전제로 한 것일 것이다. 한 잔의 술을 나누며 사람들은 기이할 만치 편안하고 빨리 평소에 그 토록 단단히 빗장 질렀던 마음을 연다.

희랍의 주신 박카스는 로마에서는 리베르라고 불려지며 이는 자유를 의미한다. 술을 마시면 취하지 않아도 온갖 근심과 걱정이 멀어지고 몸과 마음이 자유로워짐을 느끼는 데서 유래된 이름일 것이다. 헤겔은 세계사는 사람들이 자유를 찾아 전진해 온 과정이라고 했다. 술이 인 류 역사에 빠진 적이 없음도 같은 맥락에서라면 억지일까. 술잔이 채 입술에 닿기도 전 평소 어렵기만 한 언어의 조각들이 퍼즐을 맞추듯 의미 담긴 생각으로 바뀌어 침묵하던 입술을 열게 함은 바로 자유로워진 마음의 단면일 것이다.

무엇으로부터의 자유로움인가. 문명인은 원시인에 비해 치사량의 지적 오만과 지적이고자 하는 욕구에 갇혀 산다. 지위의 역할에 따라 그에 어울리는 표정과 몸짓과 복장으로 겹겹이 자신을 무장하고 사는 일에 익숙해져서 혼자서도 더 이상 벌거벗고 서지 못하는 부자유함과 어색함으로 불편해 한다. 명분 없는 일은 하지 못하는 지식인으로서 가슴 한 구석에 침전된 응어리들을 삭혀낼 구실이 어디에도 없을 때, 터무니없게도 쉽게 이방인일 뿐이던 사람간의 공통 분모가 되어 주는 것이 한 잔의 술이다.

인생의 고단함과 고독함을 인정하는 사람이면 그 누구건 신분, 지위, 학벌에 무관하게 술 한 잔으로 '잡지의 표지처럼 통속'할 뿐인 인생이 평준화된다. 사람이 술을 마시는 게 아니라 술이 술을 청하는 과음의 상태만 피한다면 한 잔 술을 나누며 술 한 잔의 명분이 부여한 철학도 혹은 시인의 마음으로 평소에는 감춰진 깊은 마음을 조명해 보는 것은 분명 괜찮은 일이다.

술은 주신의 이름처럼 영혼의 자유함을 위해서이지만 그 자유함은 생각과 감정을 만취해서 마비시킨 도피 행각이 아니고, 생각을 더 크게 열고 가슴 터지게 차오르는 감정을 승화시킬 만큼의 양에 맞춰져야 한다. 한 잔 술을 어떻게 들 것인가. 술에는 주도(酒道)라는 게 있음이다.

이탈(離脫)

비를 피해 잠시 들어선 남의 집 처마 밑에서 듣게 되는 엘리제를 위하여의 피아노 멜로디나, 겨울날 빨갛게 언 볼을 찬 손으로 부비며 단숨에 들이킨 스카치 한 잔은 영혼의 깊은 심지에 불을 당기는 듯한 삶속으로의 접속을 일깨운다. 살아 있어도 생명의 윤기가 느껴지지 않는 밋밋한 존재를 가리켜 산송장이라고 하고 없는 듯 숨을 이어갈 뿐인 삶을 가리켜 죽은 목숨이라고 한다. 아침에 해 뜨고 저녁에 별 나오듯이 짜여진 일정에 따라 일상화된 궤도를 돌면서 피곤이 간고등어에 배인 소금기처럼 절절히 배어 있고, 뙤약볕 내려 쬐이는 늪에 빠져 있는 듯이 수렁 같은 외로움에 휘감겨 있는 사람들에게 삶은 한자락 바람처럼 겉돈다. 그래서 의도한 바 없는 이탈이 감행된다. "나무를 사랑하는 건 깨달아서가 아니다. 외로워서다. 외로움은 병……. 오해였다"고 한 김지하 님의 시구처럼 사람들은 오해로 인한 탈선을 하고 그 때문에 더 큰 고독을 경험하기도 한다.

인도의 한 젊은이가 성인이 되기 위해 치러야 되는 고독한 여정을 떠났다. 만년설이 있는 산을 오르기 위함이었다. 며칠간의 단식과 신고의 산행 끝에 드디어 정상에 올라 세상을 내려다볼 때 그의 가슴은 순간적으로나마 자랑스러움과 자신감으로 부풀어 올랐다. 그 때 발밑에서 버석거리는 소리가 나서 내려다보니 무늬가 아름다운 뱀 한 마리가 있었다. 뱀은 굶주리고 얼어서 죽을 지경이라며 내려갈 때 자기를 청년의 셔츠 속에 넣어 내려가 달라고 사정했다. 청년은 뱀이 위험한 족속인 것을 알고 있었으므로 미안하지만 안 되겠다고 거절을 했다. 뱀은 절대 해를 끼치는 일은 없을 것이며 자기를 구해 주면 청년은 그에게 있어 세상에 둘도 없는 특별한 인연이 되는 거라며 애절하게 간청했다. 청년은 만사에 예외가 있음을 믿으며 뱀을 셔츠에 넣고 하산했다. 마침내 파란 잔디 위에 뱀을 사뿐히 내려놓을 즈음 뱀이 몸을 사리더니 급기야 그 청년의 다리를 물었다. 청년이 왜 약속을 지키지 않느냐고 울부짖자 뱀은 "너는 네가 나를 들어 올릴 때 이미 내가 누구인지 알지 않았더냐"라고 말한 후 유유히 사라졌다. 외로움을 담보로 빚어진 인연은 영혼의 독을 경험하게 한다. 죽음에 이르는 병, 그것은 외로움이 아니라 외로움을 피하고자 하는 몸짓에서 비롯됨이다.

프라임 타임(Prime Time)

성장 호르몬의 영향과 변화에 따른 불안과 스트레스 때문에 불안정하고 민감한 사춘기(思春期)와 비슷하게 중년기에 들어 혼란과 변화를 겪게 되는 것을 가리켜 제2의 사춘기 혹은 사추기(思秋期)라고 일컫는다. 사춘기의 혼란이 성장과 변화에 따른 기대 및 가능성과 관련된 것이라면 사추기의 변화는 젊음의 내리막과 주변 환경을 통해 실감하게 되는 죽음의 구체성과 닿아 있다. 사춘기에는 목표의 설정이 중요하듯이 사추기에는 삶에 있어서의 우선권을 점검하는 것이 중요하다.

맹목적으로 젊음을 찬미하고 시각적인 것에만 가치를 매기는 문화때문에 대다수의 사람들에게 있어 나이는 숨기고 싶어지는 허물이 되어 있다. 인생의 정오를 맞으며 "이제는 돌아와 거울 앞에 선" 듯 새삼초라하고 허무한 모습을 발견하면서 꿈꾸었던 삶과는 사뭇 다른 현실사이의 괴리가 지리학적인 틈새마냥 눈앞에 구체적으로 드러날 때 사람들은 그 틈을 메꾸어 보고자 하는 욕구를 갖게 된다. 무언가로라도 채워야 할 것 같은 마음속의 혈(穴)자리가 보상 심리가 웅크린 자리다. 마음의 공동(空洞)이 돈·명예·교양·미모를 추구하는 일이나 그럴듯한 연인과 남편, 혹은 성공한 자식을 통해 채워지기를 바라는 것은 밑 빠진 독에 물 붓듯이 부질없는 노력일 뿐이다.

아리스토텔레스는 행복은 스스로 만족하고자 하는 사람의 것이라고 했다. 만족은 바른 생각과 판단에 따른 감사가 없이는 불가한 일이다. 태어나서 삶의 종점에 이르기까지 사람은 외모와 인격의 발달에 있어 끊임없는 변화 가운데 살게 된다. 나이가 많아지는 자체가 힘과 매력의 상실이나 퇴화일 뿐이라고 여기는 현실은 극히 편향적(偏向的)이며 상업적인 목적에서 기인된 왜곡이다. 각 문화에 나타난 나이에 따른 교훈을 통해 살펴볼 때 중년은 인생의 프라임 타임(Prime Time)이다. 중년의 성숙을 일컬어 공자는 불혹(不惑)과 지천명(知天命)의 단계라 했고, 그리스의 솔론은 말과 정신의 절정을 이루는 때라 했으며, 탈무드에서는 만사를 이해하고 상담을 해줄 수 있는 단계라고 밝히고 있다.

나이에 따른 신체적인 열세가 드러나는 측면으로 성(sex)과 사랑의 문제가 거론되는 경우가 많다. 사랑은 느낌이 전부가 아니고 사람을 이해하고 수용함으로써 보여지는 능력이며, 인격과 직접적으로 연관되어 생활 속에 반영되는 총체적 활동이다. 나이 어린 이들에게서 큰 사랑을 기대하기는 쉽지 않다. 성(性)적으로도 젊은이를 향해 할 말이 있지 않은가. "너희가 섹스를 아느냐"라고. 성은 단순히 호르몬의 영향으로 통제가 안 되는 열정이나 무절제한 흥분과 호기심의 분출이 아니고 친밀한 관계를 맺을 줄 아는 지식과 개발이 요구되는 예술이기 때문이다. 인생의 프라임 타임, 중년기의 그 완숙한 경지가 그대가 선 자리다.

상품 미학

현대의 상품은 포장이 중요한 부분을 차지한다. 되도록 눈에 잘 띄고 잘 팔리게 하는 것이 상품 미학의 중점일 것이다. 현대는 흔히 자기 피알(PR) 시대라고 말해진다. 피알은 널리 선전을 하는 것이므로 개개인은 주어진 상황에서 자신만의 상품 가치를 드러내어서 자신의 교환 가치를 높이고자 하는 것이다.

포장은 내용물의 외형이다. 포장은 그 안의 내용물에 대한 호감을 높이면서 구매력을 증가시키는 효과를 일으키는 것이 최선이다. 사람의 포장은 학벌이나 배경, 지위 등의 반영구적인 것에서부터 화장이나 의상 등의 하루살이를 포함한다. 인상이나 분위기 같은 확고한 형태와 상황에 따라 의지로 선택한 얼굴 표정이나 어투, 제스처나 걸음걸이 등 순간적인 표현 등이 함께 어우러져서 그 사람의 가치 즉 상품성을 드러낸다. 상품 가치를 드러내는 포장은 상품의 내용을 정당하게 잘 표현해야 하지만 구매자의 취향이나 소비 능력과도 맞아 떨어져야 한다. 즉 한시(限時)적인 포장의 경우는 때와 장소에 맞게 함이 최선일 것이다.

주어진 환경이나 참여 목적과는 동떨어진 과도하게 비싼 의상과 보석 치장이나 명품 액세서리는 너무 사치스러워서 오히려 천박한 포장이 될 수 있다. 구호품을 전달하는 자리나 어렵게 사는 불우한 사람들을 방문하면서 비싼 보석으로 치장하고 명품 가방을 들고 있다면 적절한 차림이라고 하기 어려울 것이다. 이와는 반대로 경우에 맞지 않게 눈에 띄게 허름한 차림새와 초라한 행색은 주변에 누를 끼칠 만큼 튀고 거친 포장이랄 수 있다. 인생의 중대사와 관련된 모든 행사와 의식이 예를 갖춘 차림새와 태도를 필요로 한다. 결혼식장이나 장례식을 비롯해서 격식을 갖춘 정중한 모임이나 파티에 참석하면서 자신의 개성만을 고려한 과감무쌍한 차림이나 수수하다 못해 민망한 활동복 차림을 하는 이들을 가끔 보게 된다. 그런 사람들은 자기와는 다른 사람들이 오히려 허세를 부리는 것이며 주변의 체면 때문에 억지 춘향으로 차려 입는 거라는 엉뚱한 자신감마저 갖는 경우가 허다하다. 때와 장소를 가리지 못하는 행색이나 언동은 그 사람의 상식 수준은 물론 그 자리에 대한 그 사람의 판단 의식을 의심하게 한다.

객기(客氣)나 호기(呼氣)를 부리는 것은 또래들 사이에서 일상적인 만남의 자리에서나 애교스런 일로 넘길 수 있다. 낯선 사람들 사이에서 부리는 객기는 아무 득도 없이 인격을 놓고 벌이는 모험일 뿐이다. 포장은 자기 만족의 차원이 아닌 구매자 혹은 그 상품의 가치를 평가하는 대상을 목표로 해야 한다. 여러 문화가 섞이고 가치에 대한 추구

와 평가가 다양해진 지구화 시대에 살게 되면서 많은 이들이 자신들이
처한 사회에서 허용되는 표현 형태의 한계나 기대치를 모른 채 혼동을
경험하며 살고 있다. 소수 민족이나 문화가 다른 사람들의 집단의식은
쇼핑몰이나 레스토랑 등지에서 흔히 목격할 수 있다. 오늘날에 있어서
문화인의 의미는 예전과는 다른 측면이 있다. 단순히 전문가 수준에서
나 구별할 수 있는 이름을 가진 예술인이나 음악인들에 대해서 많이
알고 문화의 전당에서 이루어지는 행사에 빠짐없이 참석하는 등 시대
의 흐름에 촉각이 예민한 사람만이 문화인은 아니다. 그보다는 일상에
서 경험하는 다민족이나 다세대들 사이에서의 문화적 차이를 이해하
고 필요한 만큼 익히고 행함으로써 함께 부딪고 어울려 사는 사람들에
게 이질감이나 나아가 경멸감을 자아내는 일이 없도록 하는 것이 문화
인으로서의 자질이다.

　세계 도처에서 한류(韓流)가 거론될 만큼 우리 민족의 위상이 높아지
고 있다. 웰빙 바람을 타고 냄새나는 음식을 먹는 민족으로서 천대받
던 상황이 점차 선대로부터 건강식을 하는 지혜로운 사람들이라고 부
러움을 살 만큼 되었다. 아직 어떤 상품에 대해 자세히 모를 때는 이미
써본 구매자의 의견이 절대적인 영향을 끼친다는 사실에 대해서는 누
구도 이견의 여지가 없다. 인사 채용시 반드시 요구되는 추천서의 의
미도 같은 맥락이다. 공공장소에서 보여주는 한 사람의 추태가 그 사
람이 속한 집안, 교회, 직장 그리고 민족 전체의 품질을 저하시킨다는
사실을 상기할 필요가 있다. 자라나는 젊은 세대의 사람들은 가정에서
나 사회에서 어른이 저지르는 잘못을 목격함으로써 그 어른이 속한 나

이 또래의 모든 어른들을 도매값으로 불신하는 경향을 갖기도 한다. 특별 주문으로 만들어지는 개별 상품이 아닌 바에는 상품 하나하나가 곧 전체를 대표한다. 사람들 한 사람 한 사람이 누군가에게는 그가 속한 집단의 대표자 역할을 한다고 자각한다면 각자가 가진 사회적 민족적 차원의 책임 의식이 있는 처세와 역할은 선택이 아니라 의무이다. 거울 앞에 서서 하루를 시작하면서 그대의 상품 가치를 고려해 보면 어떨까. 그대로 인해 어디에선가 설마 그대가 속한 모든 그룹이 집단으로 평가절하되고 거절되며 외면받는 불매운동 사태가 벌어지는 일은 없겠는가.

영혼의 반려(伴侶)

　현대인의 외로움은 병처럼 깊어진 현상이다. 창창한 미래를 가진 젊은이들이 혹은 배우자와 자녀가 있고 사회적인 지위와 일이 있는 사람들이 뼈가 저리도록 느끼는 외로움의 정체는 무엇일까. 외로움의 뿌리와 그 깊이는 다양할지라도 외로움을 피하고 싶어 죽음을 택하기까지 하는 사람들의 그 절절한 절망의 느낌을 순간적으로나마 느껴본 사람들이 많을 것이다. 몇 년 전에는 제목에 소울(soul) 즉 영혼이라는 단어가 들어가는 책은 모두 베스트셀러가 된다고 평가될 만큼 외로움과 관련한 해결책을 찾고자 하는 사람들의 욕구가 표면화되기도 하였다. 소울 메이트(soul mate)는 영혼의 반려이며 이상적인 짝을 의미한다. 영혼의 반려란 영혼이 통하는 대상이며 이는 무엇보다도 감정이 통하는 대상이다.

　노랫말이나 극중의 대사 가운데 곧잘 듣게 되는 이상적인 짝을 가리키는 말로 잃어버린 반쪽이라는 표현이 있다. 잃어버린 반쪽은 플라톤의 『향연(Symposium)』에서 비롯된다. 『향연』이라는 책에서 아테네의 시인이며 희극작가인 아리스토파네스는 사람의 성별은 세 종류였다고 표현하고 있다. 그 세 성은 남자, 여자, 그리고 혼성이었다. 각각의 성은 머리 하나에 얼굴이 앞뒤 양면으로 둘이고 팔과 다리 손과 발이 각각 두 쌍으로 네 개씩이며 성기는 앞뒤 얼굴에 맞추어 하나씩이었다. 따라서 남성은 앞뒤로 남성이며 양면으로 각각 남성의 성기를 지니고 있었고, 여성은 앞뒤로 여성이며 앞 뒤 각각 여성의 성기를 지니고 있었다. 세 번째 성인 혼성은 한 면은 여성의 얼굴과 여성의 성기 그 뒷면은 남성의 얼굴과 남성의 성기를 가지고 있는 혼합체였다. 이상 세 가지 성별의 인간들은 앞뒤로 걸을 수 있음은 물론 공처럼 몸을 구슬려 구를 수도 있었고 굉장한 힘과 능력을 보유한 만능의 인간들이었다. 육체적으로 탁월한 능력과 지능을 보유한 인간들은 차츰 천상의 일을 평가하며 신들을 공격하고자 하는 야망을 갖게 되었다. 제우스 신은 이렇듯 강력하고 교만한 인간들의 불손함에 크게 노하여 이들을 멸망시켜야겠다는 생각을 품게 되었다. 인간을 파괴할 방법을 고려하던 제우스는 인간들을 완전히 없애기보다는 반쪽으로 나누어 쪼개 놓으면 힘이 약해져서 위협적인 존재가 되지 못할 거라고 여겨 인간들을 반쪽으로 나눈 뒤 의술의 신인 아폴로를 불러 상처를 아물게 한 뒤 균형잡힌 형상으로 치유시키도록 하였다. 마지막으로 이렇게 이분된 사람들을 좌향좌 우향우 하는 격으로 각자 반대 방향을 향해 나아가게 해서 흩어지게 함으로써 평생 이들이 자신들의 잃어버린 반쪽을 찾아 헤매도록 하였다고 한다.

아리스토파네스의 인간에 대한 설명은 혼자 있으면 외로워지는 인간을 잘 표현한 것이라고 하겠다. 잃어버린 자신의 반쪽을 찾고 싶어하는 것은 그러므로 매우 긴박하면서도 에로틱한 사랑과 욕망에 대한 설명이 된다. 또한 다른 사람과의 결합이나 사랑의 감정은 강력한 자기실현을 향한 의지의 표현이다. 사랑에 빠지게 되는 대상이 자신의 의도와는 무관하게 일어나는 현상이면서도 이미 운명적으로 정해진 것같은 신비한 측면에 대한 해석 또한 가능하게 한다. 나아가 요즈음 종교계나 사회면에서 해결되지 않고 뜨거운 감자로 남아 있는 동성애자들에 대한 해석을 용이하게 하는 근거를 제공하기도 한다. 세 가지 성별 중 각각 여성과 남성으로 혼성이었던 사람들의 짝은 이성간이 되지만 처음부터 동성이었던 사람들의 짝은 각각 여성과 여성, 남성과 남성으로 동성이 그들의 반쪽에 해당하기 때문이다.

기독교의 창조론과는 현격한 차이를 보이는 설명이지만 철학의 발생이 일이나 현상의 원인을 규명하고 사물의 이치를 찾고자 하는 사고에서 나온 것임을 고려할 때, 그리고 문학은 인간사를 재조명하는 일이라고 볼 때 잃어버린 반쪽에 관한 이론은 인간과 인간의 사랑을 이해하고자 하는 시도라고 이해할 수 있다.

외로움의 색깔과 모양은 다양하다. 일 년에 한 번도 따뜻한 포옹이나 입맞춤이 없이 자라는 아이들, 바벨탑의 저주로 만난 듯 말이 통하지 않는 배우자들, 누구로부터도 원해지지 않는다고 믿고 사는 사람들, 그리고 금지된 사랑의 주인공들은 모두 외로움의 병을 앓는다. 외로워서 미리 인생의 끝을 바라보며 위안을 얻는 사람들에게 잃어버린 반쪽이라는 존재는 실패한 인생의 변명과 회한이거나 아직 남아 있는 희망일 수 있다. 영혼의 반려를 꿈꾸는 것은 미완(未完)의 자신의 완성에 대한 추구이다. 누군가에게 영혼의 반려가 된다는 것은 존재의 아름다움을 구현하는 일일 것이다.

타관객지(他官客地)에서 꾸는 꿈

　어린 시절 살았던 고향집처럼 넓은 앞마당에 남향으로 앉은 황토 바른 가옥 하나 이 땅에 짓고 싶다. 뒤란에는 대나무 밭을 둘러치고 아늑한 담 아래로 키 낮은 앵두나무와 키 큰 보리수 한 그루씩 나란히 심어 두고 주변에 작은 채마밭 일구어 상추와 고추 심고 호박넝쿨 소담스럽게 주변으로 자라가게 하고 싶다.

　격자로 이어진 동쪽 마루 끝에는 두 쪽의 쪽문을 달고 문을 밀어 열어 둔 맑은 아침이면 대숲을 빠져나온 신선한 햇살이 영사기에서 비쳐지듯 반듯하게 마루로 내리겠고 대나무 사그락거리는 부산함 사이로 새살거리는 새소리 마당을 가득 채울 것이다. 조금 욕심을 내어 마당 오른편 가 쪽으로 동동걸음으로 십여 발자국이면 넘어가는 목교(木橋)를 얹힌 연못 하나 낼 수 있다면 붕어 몇 마리 키우고 수련이며 연꽃 몇 송이 피우고 싶다. 그 수면에 달이 내리고 구름이 지나가는 것을 보는 순간이면 고향이 통째로 내 사는 땅에 담겨지지 않을 것인가. 혼자서

집을 지키는 비 오는 날에는 진주처럼 동그랗게 말리다가 굴러서 물로 가라앉는 연잎 위의 빗자국을 헤이거나, 수면에 크고 작은 동그라미로 합해지는 빗방울을 보노라면, 그저 친숙하고 평안한 자연과의 합일이 있을 뿐으로 나이가 무엇이며 세월의 흔적이 다 무슨 의미가 있을 것인가. 비록 땅 빛깔은 다를지라도 내 안의 고향이 그대로 재현된 듯 오랫동안 눈과 마음에 담겨 있던 풍경 안으로 내 작은 몸이 그대로 들어가서 만들어지는 풍경화의 한 요소로 살아가는 나날이 될 것이다.

서향(西向)의 끝자락에 방을 하나 만들고 석양이 비껴들게 낸 창 밑으로 작은 화단 하나 가꾸어 여름에는 키 작은 채송화가 정답게 피고 가을에는 유과(油果) 같은 과꽃과 소담스런 국화꽃이 키 작은 창호지 문에 그림자로 어리게 하고 싶다. 그 화단의 북향(北向)에는 사시사철 창문에 그림자 어른거리게 하는 측백나무도 하나 심어야겠다.

유리문 안쪽마다 문살 가지런한 창호지 문을 달고 싶다. 전주 소양에서 나는 한지(韓紙)로 한 해 걸러 한 번씩 문을 새로 바르면서 책장에 모아 두었던 꽃잎이며 나뭇잎새 창호지에 덧대어 바르면 아침 햇살이나 석양에 자웃이 넘나드는 햇살을 받아 화사한 그 빛깔 향수처럼 되살아 나오는 그런 방이 될 것이다.

출입문 위에 몽산 봉회(夢山 鳳回)라고 액자를 내건 방을 하나 내어 책 읽고 글 쓰는 방으로 삼아야겠다. 방문 옆에는 고향의 들을 닮은 밀레의 만종이나 이삭 줍는 여인들의 복사화를 한 점 걸어 두고 싶다. 돌아가신 외할머니께서 시집 올 때 가져 오셨다는 두 짝짜리 손 다지는 출입문 쪽 벽면에 나란히 내려놓고, 그 위에 해사한 난 화분 하나 소나무 분재 하나 올려 두고 위쪽 벽엔 연 날리는 아이들이라는 동양화 한 점 걸어둘 테다. 그 벽면 옆으로 기억자로 꺾어지는 벽을 돌아가며 장서 천여 권 꽂아 둔 서가를 세우고 손때 묻고 편안한 나무 책상 하나 놓는다면 언제고 생각을 여는 서재로 부족할 게 없으리라. 그 방 천정에 바짝 닿게 길다란 창문을 낸다면 밤엔 별이 들어오고 낮엔 하늘과 구름이 가득 넘실대어서 방 안에 앉아서도 천둥과 바람이 느껴지고 비와 눈 내리는 바깥 날씨가 그대로 전달되어 올 것이다.

낙숫물 소리 고적한 여름밤이나 처마 끝 풍경(風磬) 살아있게 하는 바람 부는 날 그리고 한 번씩 툭하고 대나무 가지에서 떨어지는 흰 떡가루 뭉치 같은 눈 소복소복 쌓이는 고요한 겨울밤에 선인(先人)들의 삶과 고뇌의 내면을 지면으로 대하면서 그들에게 댓글 올리듯 조각글이라도 쓸 수 있다면 마음에 부족한 바가 더 이상은 없을 것이다. 그때에야 비로소 대상 없이도 늘 절절하게 가슴을 채우고 눈가를 젖게 하던 호박빛 그리움의 정체에 대해 다시 생각해 볼 수 있으리라.

천둥 번개 심한 여름 날 낭화(浪花)나 호박 부침개를 만들게 되면 식기 전에 와서 같이 먹자고 시도 때도 없이 연락해도 되는 지인(知人) 하나 있다면 때때로의 외로움도 사치겠다. 뉴스에 나온 화젯거리 말고 백화점에 전시되는 물건들 말고 현실성 없는 상념(想念) 한 타래 두서 없이 풀어내도 통하는 그런 사람이면 금상첨화겠다. 이웃 이야기 말고 얼굴 아는 사람들에 대한 화제 아니고 달빛 뒤로 흐르는 구름 같은 책 속에서 만난 사람들이 더 맛난 화제가 될 수 있는 그런 사람이면 성별을 무론하고 어떤 연애(戀愛)로 만난 연인 사이의 사람들보다 더 귀한 만남이라 여길 것이다.

우편함 옆에 서 있는 후리후리한 홍송(紅松) 한 그루 멀리서부터 보
이는 황토벽에 붉은 기와 지붕을 올린 가옥 한 채 고향처럼 꿈길 따라
보인다.